唯有一人
爱你灵魂至诚

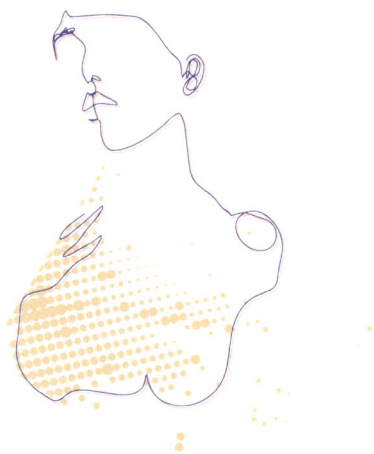

向死而生的 无龄感爱情。

无龄感2

三盅——著

浙江工商大學出版社
ZHEJIANG GONGSHANG UNIVERSITY PRESS

图书在版编目(CIP)数据

唯有一人爱你灵魂至诚 / 三蛊著. —杭州 : 浙江
工商大学出版社,2017.7
ISBN 978-7-5178-2215-8

Ⅰ. ①唯… Ⅱ. ①三… Ⅲ. ①叙事散文－中国－当代
Ⅳ. ①I267

中国版本图书馆 CIP 数据核字(2017)第 132471 号

唯有一人爱你灵魂至诚
三　蛊著

出 品 人	汪海英　鲍观明
策 划 人	方晓阳
特约编辑	胡珊珊
责任编辑	沈　娴
封面设计	陈一斌
责任印制	包建辉
出版发行	浙江工商大学出版社
	(杭州市教工路 198 号　邮政编码 310012)
	(E-mail:zjgsupress@163.com)
	(网址:http://www.zjgsupress.com)
	电话:0571-88904980,88831806(传真)
排　　版	杭州朝曦图文设计有限公司
印　　刷	杭州五象印务有限公司
开　　本	889mm×1194mm　1/32
印　　张	9.375
字　　数	221 千
版 印 次	2017 年 7 月第 1 版　2017 年 7 月第 1 次印刷
书　　号	ISBN 978-7-5178-2215-8
定　　价	36.00 元

只要手捧鲜花，

爱情便与年龄无关，

敢于追爱的大叔不会老。

小勇的镜头里尽是热恋的瞬间，

而在我眼中最美的风景，

却是她对爱情永不衰减的渴慕。

音乐因爱而生，它是爱的倾诉，随不同的人生天涯飘零。

与爱情一样，取悦于精神世界的快乐，从不昂贵。

真爱的可贵在于，

哪怕将誓约放飞至更为广阔的天地间，

内心也笃信终能守来他的归航。

人们似乎更愿意相信，

那些锈迹斑斑的连心锁更不易被开启，

这就对了，岁月把它们"锈"在一起。

有时相爱就像躲猫猫，

寻找的过程总令人心焦，

可我们乐在其中。

当我们找到彼此的那一刻，

相约从此再也不做流浪猫。

婚姻是一种无龄感的成长，

一旦拒绝成长，就变成平行的陌路，

爱也会随之老去。

"我老了"只不过是一块遮羞布，

它遮不住的是人们对生命真相的认知。

所谓两小无猜，

就是像孩子一样相爱，

互啃手指，

从不为 "细菌" 担忧。

人无法两次踏入同一条河流，

除非幻化成相爱的鸽子。

锦瑟无端五十弦，一弦一柱思华年。

庄生晓梦迷蝴蝶，望帝春心托杜鹃。

——李商隐

目　录

Part one
愿你的梦想与勇气同在

未来有三个名字：对弱者来说，未来叫作不可能；对胆小者来说，未来叫作未知；对于勇者来说，未来叫作理想。生命止于不再有梦，希望止于不再信仰，爱情止于不再关心，友谊止于不再分享。

Introduction

　　林珊小我十五岁，中日混血儿，当年她老爸坚决反对我们交往。与我分手后，她去了意大利留学，很快便有了新爱。那是一位澳大利亚摄影师。我对此非但没有难过，反倒与一位毕生追爱的意大利大叔一道给了她奔向真爱的勇气。我觉得，这是她应得的运气。

　　"鸡汤穷三代，鸡血毁一生。"无论是鸡汤还是鸡血，对你的作用，或是精神鸦片，或是欲望的放大镜，全是扭曲你心灵的玩意儿，你真正需要的是直面内心的那股勇气：你想要的是什么？你敢不敢付诸行动去实现它？你又敢不敢做真实的自己？所以，"值不值得"只藏在每个人的心里。

01. 阿克约尔大叔的秘境

　　去玩新奇的玩意,去远行,告别千篇一律的生活;还可以更 open 一点;这与年龄无关,别人怎么说很重要吗?抓牢梦想,甚至可以幻想,就生活在云端又怎样?和更多有趣的人交朋友,去品尝五花八门的美食,让元素周期表和卡路里魔咒去见鬼。不要放弃对美的发现与追求;不要年纪轻轻就加入养生大军;做一个老儿童其实很欢乐;除了物质,去追求点什么;托付自己,试着去信仰点什么;让无龄感生活为你的爱情保鲜;寻找方向,始终在路上;保持优雅的姿态,不要输给年龄;把你的休假方案勇敢地摊在老板的桌上,或者把你的公司更多地交给年轻人去打理。不要试图把孩子克隆成小一号的你;不要没心没肺，也别把无龄感当成遁世的武器；保持适度的好胜心去赢得更美好的东西；不要试图研究生活理论，训练自己成为乐观派；摒弃攀比和盲从，学会正确享受你的生活；四十四岁你还可以穿吊脚裤，八十八岁你依然可以说"我爱你"；爱心与爱美之心，让你变得美丽的同时给你无龄感……

可是，你真的有勇气去尝试这些吗？

尽管我说，快乐地活要比健康地活更重要，但这并不意味着健康就不值得关注，就可以肆意挥霍。关键看你能不能把握恰当的度，找到那样一个平衡点。你并不老，可你再也不敢穿花哨的衣服，因为你怕人笑话。你不敢与年轻的异性朋友走得太近，你怕人嘲你为老不尊。你甚至都不好意思参加年轻人的聚会。你在孩子面前从来表现不出顽劣、滑稽的一面，甚而无法与他们交朋友。大多数时候这个心理障碍不会被你轻易察觉，因为日渐懂得拿捏分寸的你，自认为在孩子眼中显得无趣、老态、扫兴反倒是恰如其分的，你本就该表现得连自己都不喜欢。这反而长久地令你坦然，至少你认为这是中规中矩、足够安稳的言传身教。顺理成章，你也正无意识地把你的孩子引导成为你不喜欢的那类人。

我很欣赏电影《可爱的你》中吕慧红说的一句话："教育是件很有意义的事，它是身教，用生命去影响生命。"那是一种感染力，作为父母与老师，你们的气质无时无刻不在感染着孩子，你们非但不宜把自己可爱、有趣的一面深藏于威严的面孔之下，反而要力图把孩子培养得和你一样可爱、有趣。不要压制他们的主见和意愿，就让它们在孩子的内心自由生长,这又何妨? 又有什么好紧张的? 世间只有一种成功,那便是遵从自我意愿,自由地度过一生。你应该如此,也该把这个自由还给你的孩子。

无龄感生活,无龄感爱情,我早就选定,因为我有这个勇气。直到今天,一位名叫阿克约尔的安纳托利亚土著大叔的一句"It's worth it(这一切是值得的)"仍时常回响在我的耳边……

2008 年冬,我去佩鲁贾看望林珊,后来我又去了土耳其。

本来想先去安卡拉,那里距格雷梅更近,然后再去伊斯坦布尔,这样回国路线也会更顺当一些。但在圣埃吉迪奥机场选择意航去两地,同样要两度中转,那我索性就按照路程远近先去伊斯坦布尔了,安卡拉最终去不去,就再说吧。

到了伊斯坦布尔,入住价格适中的 Tomtom Suites,我没有马上奔赴朝思暮想的特洛伊,而是被酒店大堂的一个格雷梅国家公园热气球的广告展架吸引了,我迫不及待地报了个当地的旅行团。

也巧,这个团是公路团,去格雷梅全程要十几个钟头,几乎横跨了半个国家,但会途经安卡拉,并停留。这样一来正好与我的原计划撞了个满怀,安卡拉总算也可以去到了。而且更为关键的是,沿途美景将被我一网扫尽。

这个旅行团很有意思,最少五人可以成行。第二天一早我就明白了,人少用小车,人多用大车。我们的团,加上我,恰巧就是五人,另外四人是三女一男:一对希腊姐妹,一对意大利情侣。一路上司机大叔用简单的英语为我们讲解，我坐在后排，基本上懂了个"半生不熟"。那是挤掉了修辞和语法的"干货英语"，也就是蹦单词，跟我的level相差无几。

而我们的车，是一辆花花绿绿的小面包，第一眼就让我联想到吉卜赛人的大篷车，只不过要更先进些，不再需要马拉。

由于土耳其地理位置特殊，横跨欧亚，从人种相貌特征上来看，与叙利亚北部及希腊相近，而与高加索地区稍远，更接近巴尔干半岛特征。在土耳其人当中，审美体验稍差的要数安纳托利亚土著，白得不明显，黑得也不够彻底，整体来看，"50度灰"的感觉。不巧，我们这位司机兼导游大叔就是安纳托利亚土著，确实也没例外，长得多少有些令人费解。当然，这是从我一个东方人对西方人的审美角度来看的。

起先那一段，我还被这位大叔吓着了。

大约行至埃斯基谢希尔，他把车停在路边休息，从兜里掏出一只扁盒，打开，用形同挖耳勺大小的器物抵了一勺，在手背上画了一道线，然后凑近鼻子猛然一吸，接着就是仰面瘫坐，一副极度陶醉的神态，就差没有令人毛骨悚然地阵阵痉挛了。我不太懂土耳其的法律，可单从安全角度考虑，假使大叔不幸是一个瘾君子，那咱们一车五位游客的安全形势可就堪忧了。

为了探明究竟，我佯装下车方便，在我折返登车时，大叔已趴在方向盘上休息，左手手背上仍可见一道浅浅的咖啡色印记，置于操作台上的那只扁盒还未盖上，里面是半盒咖啡色粉末。明白了，那是印度鼻烟，虚惊一场。我家也有，为此，在佩鲁贾时我还特意跑摊贩那儿花了10欧元淘得一只西洋仿古珐琅彩瓷鼻烟壶，比他那只粗糙的扁盒要考究多了。

下午时分，车子在距安卡拉不远处抛锚了，我们下车来，集体推，可一众人把屁都快努出来了，离最近的休息站仍有三公里多，前不着村后不着店。后来，在一条不知名的溪流边，大叔主动放弃了折腾，打了电话，原地等救援。

那三女一男似乎已达成协议，搭伙野餐。其中那位意大利男人称得上周到、勤快，偌大一只登山包里竟然藏了一架烧烤炉。我好奇，他为何不连餐桌也一起背着上路呢？

偶尔会有这样的感觉，不同国家与种族的人聚在一起，为了便于沟通而放弃本国语言，默契地选用生疏的英语交流，这其实很容易拉近心与心的距离，一时间模糊了外貌与文化背景的差异，隔阂一瞬间即可消除。

我正打算加入那三女一男，蹭点吃喝，却听到背后不远处有人唤我Chinese，我转头来看，那是拎着两只铁桶打算去溪边打水的大叔，他就站在溪边望着我。我以为他要我帮忙拎桶，赶紧小步慢跑过去。可当我跑到近前，他却指着对面让我看。对面山丘的底部竟有一个被杂草半掩着的洞，一人来高，洞口下沿仍被浸在水中。大叔说，那个洞他早就知道，但从未进去过，听同行说，里面有fine murals（精美的壁画）。

"Don't fool me（别唬我）."我下意识质疑他。他却微笑着摇摇头。

"What for(为什么)?"我接着问。可我想知道的是他为何从来都没进去过,怕他误解,反过来又问一遍:"Why not(为何不)?"他犹豫了一下说,主要是一个人不方便去。但我想,他确切的意思应该是不敢独自一人去。我当下来了兴致,问他愿不愿与我结伴过去。他说要等,但没说等什么,等多久。就这样,我和他坐在溪边,莫名其妙地傻等。

大约一刻钟后,大叔站起身来,奇观在我眼前出现了。溪流似乎在一天中的某一时刻会突然断流,大约十米见宽的河床上露出几块大石头,他让我脱鞋子……

哦,脱鞋子,这个天脱鞋子? 好吧,既然大叔的"等待"神奇地应验了,那我便更加确信他讲的壁画真实存在。其实并没有想象中那么冷,我们光着脚兴奋地过了溪,一前一后进洞。

来到洞内,豁然敞阔,地势抬高,脚下却仍是湿漉漉的大块卵石,上面布满苔藓,必须更加小心,以免滑倒。我闻到一股沁人心脾的香气,以前从未闻过的气味,以至于直到今天我也找不到任何一种气味做参照来描述它。

借着手机背光,我看到了那些 fine murals,那显然是区别于浓墨重彩的 Turkey murals(土耳其壁画)的一种壁刻,无着色,内容却与后来我在石头城见到的洞穴壁画相仿。精准的刻画,没有多余的线条,更不见修痕。画中人物栩栩如生,不过,老实说我只认出了耶稣的形象,其他的我无力辨认。在这次为时一周的土耳其之旅中,我再也没有见到过相似的壁刻。

这个洞穴看上去很深，我们谨慎地朝前走。

大叔的手机要保持与外界的联系，不能拿来当手电，只有用我的。当我们边走边赏，行至约十米纵深的位置时，不知是缺氧的缘故还是我的心理作用（现在回想起来，多半与那股奇特的香气有关），我的头开始有点晕。

回头看大叔，他的反应更是立竿见影，就在我的眼前缓缓地瘫软下去，着地时磕破了头。我赶紧跪下来，抬起他的后颈，揽在怀里。回想起来，我与大叔……画面太美。我想大声唤醒他，可怎么唤？我连他的名字都不知道，情急之中就冒出中文来了。

"喂喂，wake up，wake up！"

也许是因为我不停为他呼扇着面前的浊气，没一会儿，他醒了，但看上去好虚弱。洞外的溪流回来了，水位涨起，目测已没膝。我已无心流连，背起大叔，深一脚浅一脚地走出洞穴，边走边大声召唤离岸边不远的那四位同伴。

"Help！Help！"

直到这时，我才体会到刺骨般冰冷的溪水，仿佛就连水温都与断流前截然不同。就是这样神奇。岸上那帮人听到我呼救，席卷着此起彼伏的惊叫，满目恐惧地涌过来帮我……

02. 一切遵从内心的尝试都值得

大叔无碍，直至道路救援赶来之前，他一直躺在后排座上，只说过一句话，那句令我永生难忘的话。

"It's worth it."

"Just let it go(过去了，别再纠结)."我只有这一句安慰话。

一位五旬大叔做了一件在遇见我之前从来没有勇气独自尝试的事，他终于见到了他想见识的风景，甚至超出了他的预期。毕竟，无论过往他曾错过多少次，至少今天他做到了，这一切的确是值得的。而我想，人生的"值得"其实很简单，只有三个字——尝试过。世间没有人可以剥夺你尝试的机会，只有你自己。每一件美好的事都是相似的,当你心向往之却勇气不足时,你会自虐式地自我设限,告诫自己那样做很愚蠢,很不负责任。

但你真的想清楚了吗?

你究竟要对什么负责任?除了法律、道德、至亲,你实际上只要对自己负责任。除非法律、道德、至亲已是你的全世界,而不再拥有属于你自己更广阔的自由空间。要我说,恰因缺乏足够的勇气,进而剥夺了自己各种尝试的机会,才可谓真的是对自己的不负责任。亏欠自己而留下遗憾,这种伤痛往往是最深的。

"鸡汤穷三代,鸡血毁一生。"无论是鸡汤还是鸡血,对你的作用,或是精神鸦片,或是欲望的放大镜,全是扭曲你心灵的玩意儿,你真正需要的是直面内心的那股勇气:你想要的是什么?你敢不敢付诸行动去实现它?你又敢不敢做真实的自己?所以,"值不值得"只藏在每个人的心里。随着年纪的增长,难免有人心存各种疑虑,有些年轻时热衷的事儿,究竟还能不能再去尝试呢?而当你打消疑虑,鼓足勇气真的去做了,回头再来看值不值得。每个人都有自己的答案,不需要别人来当裁判。

也许是天意,返途中,车子在安卡拉附近再度抛锚,看上去还是老故障没能彻底排除。但这一回,大家淡定多了,大叔也不再做无谓的折腾,直接打电话叫了救援。

由于大家都已混熟,闲着无聊,就围成一圈玩嘴对嘴传扑克游戏。这个游戏是要靠嘴巴的吸力先把扑克吸在唇上,然后口口传递,只隔一张纸牌。

大叔起先不好意思加入,是我生拉硬拽拖他进来。因为我考虑到唯有三男三女的六人阵容,才能确保每人左右两旁都是异性的布局,否则万一失误扑克掉落,同性 kiss 总归尴尬难当。但我没想到他们的玩法还真是别有洞天,顺时针转一圈之后,回到最初的那个人,他(她)必须重新选择,把扑克传递给自身两侧以外的任何人,然后再逆时针转。而且要求越传越快,直到有人失误。

　　等大家站成一个紧凑的小圈之后,我发现我的对面是大叔。大叔大概以前从未玩过这个游戏,以他为起点,开局就出了"事故"。我惊讶地发现他不是靠吸的,而完全是靠他天生厚嘴唇上的口水来粘住牌。游戏开始前,他甚至还特意环舔朱唇,很使劲的样子……口味稍重,令我发怵,这也太考验心理素质了。

　　果然,到大叔一圈结束,要寻找近旁两侧以外的人了。也许是不好意思找其他人,感觉跟我比较熟,所以偏偏就选了我。只见他微闭双目,隔岸吻来,就在凑近的一霎,口水的黏性抵不住他的呼气,纸牌被吹落。My God! 就这样,一张极具东方美感的樱桃小嘴,被两片噘起的既厚又湿的朱唇无缝环罩,结结实实。

　　那一刻,我的内心是崩溃的,我们同时睁大惊恐的双眼,眦眦欲裂……

　　这段经历我只跟小勇(我的现女友)讲过。小勇说她笑出了一块腹肌,不对称,还得再跟她讲一个旗鼓相当的才能找回平衡。我却说:"别闹,确实不堪回首。But, It's worth it."小勇安静下来,摸摸我的头:"Just let it go."没想到时隔多年,我们竟对上了当年的老台词。

理所当然,后来我知道了这位无龄感大叔的名字,他叫阿克约尔(A Kyol),"一路平安"的意思,与他的职业十分相配,却与此番坎坷的历程相悖得离谱。待到三天行程结束,即将话别之际,我将得手没多久的那只珐琅彩瓷鼻烟壶赠送给大叔。我说,照顾下游客的感受吧,这样看上去才更像是在吸鼻烟,而不是吸毒。

那年,我三十八岁,阿克约尔大叔五十二岁。

人生光有梦想仍是远远不够的,因为梦想总不见得近在咫尺,你仍然需要勇气,竭尽所能伸手去够。而勇气也绝非无中生有,空穴来风,它是欲望与理智、无畏与胆怯、进击与惰性、正义与邪恶、审美与审丑错综交互博弈的结果。故而我常说:勇气实际上是勇敢的底气,生发于心底,而非天外飞来的某种虚张声势的豪迈气概。

2002年春,我与Karine最后一次结伴旅行,就在我们去伦敦看望她母亲Oceane归来之后的第二个周末。我们从马斯垂克出发,搭顺风车去了德国的黑森林。我们翻过菲尔德山,穿越了一整片茂密的松杉林,在只听得见风声和大自然真实版《布谷鸟奏鸣曲》的原野上,我与她并排躺下。我们之间达成了一个约定,那个约定因彼此肃穆的神情而近乎成了一个誓约。

我说,等她累了,就来上海找我,等我家中了无牵挂,也会去巴黎找她,然后,我们就再也不分开了,就像她的父母那样,即便不结婚也可以谈一辈子恋爱,也可以生下漂亮的三姐妹。其实,上海与巴黎不用约,它们本就是天造地设的一对。Karine侧过脸来,瞪大眼睛用力点了点头,像个天真的小女孩。随后我们还煞有介事地钩起小指,互顶拇指……

不知这一幕是否也同样被 Karine 深深刻在了脑海里？

我想一定会的，她是一个把过往看得那样珍贵、那样美好的女子，乐于将人生的酸甜苦辣统统视作难得的体验，她又如何舍得去遗忘？我太了解她了，那等于是在逼迫她去"销毁"一段生命。

而今，那个誓约早已解开了庄严的绳结，只在心的深处留下唯美的影子，以及酸甜的滋味。我常常在想，时至今日她恐怕还没有累，也许永远也没有累的时候。而我，牵挂不仅分毫未减，反而又多了个小勇。当年只因欠缺一点点勇气，便错过了那个人。也许，有些人一旦错过，便天各一方，永远无处找寻，唯一能够连接彼此的，仅有共同的记忆。只不过，再难真切感知彼此的存在。

与 Karine 分别后的那几年，我收到她从世界各地寄来的各种尺寸样式的明信片，一共 53 张。其中有一张是圣诞节前夕从 Manaus（玛瑙斯）寄出的，令我印象极深，我了然玛瑙斯对于 Karine 及她父亲 Fred 有着怎样刻骨铭心的非凡意义。

她在明信片上这么写道：

The future has several names. For the weak, it is impossible; for the fainthearted, it is unknown; but for the valiant, it is ideal. Life ends when you stop dreaming; hope ends when you stop believing; love ends when you stop caring; friendship ends when you stop sharing. Merry

Christmas, my dearest.

[译文]未来有几个名字。对弱者来说,未来叫作不可能;对胆小者来说,未来叫作未知;对于勇者来说,未来叫作理想。生命止于不再有梦,希望止于不再信仰,爱情止于不再关心,友谊止于不再分享。圣诞快乐,我最亲爱的。

当年手握这张明信片,我收到了她想传递给我的力量,也读懂了她为我埋下的种种暗示,可这一切最终还是没能转换成撒手一切向她狂奔而去的勇气。而学恭则不可思议地与我截然相反,即便没有爱情的牵引,他也依然做出了那样一个抉择。

直到四十五岁的今天,我才泪眼婆娑地从 Karine 写给我的这段文字中提炼出这样一句话:"愿你的童真尚在,愿你的梦想与勇气同在。"而我也一直很渴望将普希金的这首诗回赠给她:"在你孤独悲伤的日子,请你悄悄念一念我的名字,并在心里说,有人在思念我,在这世间,我活在一个人的心里。"

是的,在这世间,唯有一人爱你灵魂至诚。

我之所以想写无龄感爱情故事,与 Karine 有关。她是我留学期间的同学,一位比我大三岁却始终有能力保持无龄感心态,全情投入爱情的西洋女子。在她的启迪下,我重新梳理成长轨迹——典型东方无龄感心态的养成。

Part two
向死而生的无龄感爱情

　　真爱的可贵在于,哪怕将誓约放飞至更为辽阔的天地间,内心也笃信终能守来他的归航。临行前,我说:"去吧,为我们的将来!"我一指划过她的额,刘海翻动。她仰视我的脸,眸中有一轮红日:"嗯!"

Introduction

关于信念,我经常会跟人讲这样两个故事。

有个人信神,遭遇洪水临危不惧,攀着树枝心中默念着神,坚信神会来搭救。不一会儿有人划船经过,要救他,他拒绝了,继续等神。后来,又有人划船经过,也要救他,他还是拒绝了……再后来,他淹死了。来到神的面前,他抱怨,就连不相干的人都愿救他,神却为何不救?神叹了口气:"那两人是我派去救你的……"于是有了这句话:上帝只救自救者。

一位攀岩者,于某冬夜即将登顶之际,不幸岩钉松动,从悬崖坠落,好在被吊在半空中。他就那样悬着,被冻僵。可由于不知自己距地面多高,他不敢解开腰间的搭扣。第二天,他冻僵的尸体被人找到,就被吊在距地面三米多高的半空中,身下还有一棵可供缓冲的小树在等着接他……

今天我要讲第三个,从未讲过的故事。

　　九龙深水埗一间昏暗的笼屋内,她从下铺床位上吃力地醒来。铁丝网床围上挂满衣物,床下还有一只红色旅行箱,这是她的全部家当,笼中一格便是她的家。若还拥有其他,便是她在香港唯一的朋友——坐在床尾的小兰,泪人,遮挡了屋内最后一束光,正伸手来摸她的脸:"正经工作丢了三个月,靠打零工撑不下去的,你怎么不回家呢?"她苦笑:"不,我就是胃口不好,姐别难过。"摇头,再重复:"不!"小兰起身,背朝她:"姐知道你是名牌大学生……"

01. 他们试图埋葬的竟是两粒种子

两年半后,我二十八岁,在上海。

"荣进?是你吗?"我听到有人这么问我,还感觉有人把我当骰子摇。多新鲜,我不是我是谁?可我的眼皮与这间酒吧一样沉薏,只掀起半幅幕帘,映入一张女人的脸,似曾相识。我被一双大手自腋下托起,头枕一块硬邦邦的三角肌,被挟入夜幕,塞进一辆鲨鱼头越野车。女人紧随我和三角肌上了车,这是我最后的意识。

待意识重返脑壳,已是次日上午,我从松软的闺床上醒来,看见女人倚在贵妃椅上摆弄遥控器。也许她是故意用电视吵醒我。她叫钟艳,酒窝斟满琼浆,艳可醉人。"还认得我吗?"她问。我脸热:"当然,昨晚失态,多亏你。"

重逢如梦,还未及我找回当年的温度,她便急于抛来第一个好奇:"汪晨呢?"我一时愣住:"你怎么知道她?"她诡笑:"一直都知道,昨晚她怎么没在?"我低头揉搓太阳穴。"宿醉后遗症,"她说,"你起床洗漱,待会儿到楼下院子里醒醒脑,我去准备午饭。"说完她起身出门,硬木楼梯上的踢踏声带起回声,渐远,为我勾勒出楼下敞阔的空间。

我没有洗漱,穿上女式棉拖鞋,下楼,来到院中。天是与我心室配搭的阴,一个呼吸与回忆通连的秋。我也想知道汪晨在哪,自己又是怎么了,如何就一步步走进这陌生的院落,一位恍若隔世的熟人家中。

称钟艳为熟人也许不甚允洽。每念及这个名字,我脑中只有两个场景。灯火通明的晚自习教室里孤零零端坐一位女生,白衬衫外面套花格毛线背心的漂亮女生。她斜视我:"你们这帮人要不是瞎,就一定是钻地洞进来的,二毛不就在校门口等你们吗? 有种出去瞧瞧。"女生正是钟艳,她口中的"二毛"便是下一个场景。

校园在明,二毛的人全躲在校外路灯照不见的林荫道两侧,烟火星连成串,犹如两条火蛇在移动,迅速朝校门口压境。我嘶吼:"跟我冲!"话落,死党少锋提起"敌敌棍",阵马风樯刺向火蛇:"干二毛! 别让二毛跑了!"身陷绝境,虚张声势抵得上半数人马。

20 世纪 80 年代淮北一带司空见惯的群殴场面于那个"血夜"重演,我们面对的是捻军的后代,一众手下没分寸的匪人匪帮不过是些在校学生而已。借往来车辆,我们利用对方背身躲闪之机,坚定朝一个方向冲杀挺进数百米。只受本能驱使,肾上腺素决定着一切。我们的集团方阵如同一台沿途撒种的播种机,每秒每步都有人倒下,刀棍过处万物凋零。

我们最终冲逃出来,在路的尽头,钠灯的惨光把人脸照得像死人。少锋满脸是血,清点人数,七十多人逃之十五。无论刚才握着什么,每只手都在剧颤。我们没有能力回头把所有人都抬去医院,只站在原地,等来一辆辆鸣笛闪灯的警车从身边呼啸而过,才似野鬼般四散而去。

这场架正因钟艳而起。我们一中足球队有个潘姓小子,倾慕技校校花美貌久矣,"鲜格格"上门,搔首弄姿,形输色授,开罪了技校一霸韦二毛,后被打成猪头,滚回来求助于队友。仅为此番缘由,我与少锋便拉上两军用卡车的人去技校讨伐二毛,难免厝火燎原。

多年后我才羞愧地忆起随父母初到淮北那年的情景,也是两辆军用卡车,被大红花装点成彩车,一路锣鼓喧天……那是属于父辈们的时代,他们光荣的战场——支援内地建设,而成长中的我却在破坏内地治安。

钟艳与我同龄,同属支内家庭,当年举家离沪先后来到淮北,同被当地野孩子讥为南蛮鴃舌。在被钟艳从酒吧带回之前,黛西和小敏陪伴了我的童年,钟艳一闪而过,然后才是汪晨。

淮北真是小得玲珑,玲珑得惹人怜,三面环山,最长一条主干道若当作飞机跑道,机头来不及拉起便要撞山。就在升高二前那个暑假,我竟与钟艳再次遇见并相识。如同今天的广场舞,那年月,年逾不惑若不习一门内家气功便是不合潮流,彼时气功门派如雨后春笋,也曾披着养生外衣登堂入室,渗入卫生系统。基于强身健体的目的,我父母也练起"中功"。有一回卫生局组织周末讲座,从外地请来韦姓大师。与我母亲共事,钟艳的母亲时任卫生局副局,此事正由她一手操办。我与钟艳在课上见到,对视的一刻,不知要给对方哪款表情。

韦大师让每人都伸出双手,胸前合十,指掌对齐严丝合缝,然后问手指是否一样长。大家都说是。大师又让闭目,把注意力集中到某根手指上,想象,能调度周身所有"真气"来使它生长,变长,再变长。五分钟后,大师让睁开眼,再问,那根手指是否真的变长了。此时一半人疑疑惑惑说真有变化,另一半人在沉默中恍神,进而羞愧。

大师说,这证明宇宙神奇,人体也是宇宙,我们对自身的了解不及万分之一。于此祭出结论:意念也是一种力,只要善用它,将来在座的某一位就能隔空取物,那绝非天生异能,而是学会了驾驭意念,将意念实实在在转化为力——可被物理计量的力。滔滔汩汩,听来不过是遗迹谈虚。

我真觉得有根手指变长了,但似乎也并不明显,或许没对齐? 在场的孩子只有我和钟艳,与我同感的皆为上年纪之人。钟艳则归属"在沉默中恍神"的队列。见她脸上的挫败,我在心底狂笑,仿佛战胜钟艳也等于打赢了二毛。但不巧,钟艳扭头看见我的得意相。课后,学员们把大师围成铅桶里的鳖。

钟艳走过来坐我边上，安之若素："荣进，你真能让手指变长变短吗？我不信！"

我一个白眼翻进了桌洞："爱信不信。"

两周后，相同的课，我们再次遇见，钟艳跑到后面与我并排坐，全程会周公，却赶在大师宣布下课前神秘递来一张加了封印的纸条。父母在跟前没好意思，回到家我才拆开。纸条上是妖冶的小字：我想知道你身上除了手指以外，还有没有用意念可以变长变短的地方。下面是一串地址和见面时间，署名"你最亲爱的艳艳"。

脑袋嗡的一声，我瘫软在床。收到纸条前，我的想法简单幼稚：一个省重点高中，一个技校，倘若不为打架，彼此间少有交集，我是要和小敏一样参加高考的。可技校呢？毕了业便能看尽一生。外加她名声不好……但纸条展开的一刻，便是我开窍之时。我突然发现，读什么学校，或将来从事什么职业，完全不是重点。

按纸条指引，次日我找到那个想想都销魂的地址，那是开在城乡接合部的一爿破败小旅馆。我在楼下一爿门店前来回溜达。挣扎源自对二毛的恐惧，倘若我真与钟艳好上，便意味着与二毛的争斗将永无休止。钟艳的挑逗，是躺在极度不安中的邪恶诱惑，却也是对我最初的启蒙。其实直到这时我都没见过二毛。

我有了决定，从小店借来纸笔，也给她写了张纸条："我来是想告诉你，手指变长变短是我的心理作用，直到今天我只在自己身上发现了一项特异功能，就是有时睡觉打呼能把自己吵醒。我有女朋友了，抱歉。"

人生第一次拒绝,谑而不虐地写在纸上,最低限度,在她笑罢之余不至于被曲解为羞辱。我鼓足勇气上楼敲门。果然是钟艳。她有着比同龄女孩更为分明的曲线。盛夏季节,清凉装束,长发盘于脑后,粉红短背心裹出一对双球冰激凌,下面是一条紧身牛仔短裤。那年月上海女孩时髦的中性搭配,与这间旅馆格格不入。我偷眼望进去,屋内昏暗,大约仅一张单人板床,吊扇的声响雷大,摇摇欲坠。叉腰倚门的美艳肉体,带出一股迷魂香气。我不敢正视她,递上纸条转身便逃。我害怕自己变卦,或稍慢一步被她捉住。

高中头两年,支内家庭的同龄孩子相继返城,钟艳走了。与我青梅竹马的小敏也回了上海,依她全家的规划,将来必定还要去美国投靠生父。小敏再三问起我家打算几时返沪。我说要看父母的意思。这两年间受周边影响,家中为返城一事争执不休。

我与小敏分别那天,细雨似留人亦若送客。我撑伞护她去火车站,在十年未变的老站台上与她静静道别,没讲什么伤感话,更决口不提未来。后来我要回家,她把伞给了我,我祝她一路顺风。当我已走出车站大半里,听见小敏在背后叫我,回头望时,她正拖着行李箱冒雨追来。可来到近前她仍无话,湿漉漉的头发,睫毛上挂着雨滴。其实她是舍不得如此无声无息、无表情无态度地离开。

我轻拍她的肩:"没事,我家很快也要回上海,我们还会做邻居。"她眼神里分明有企盼,也许盼我变戏法变出个万全之策——既有利于学业,又不与我分开。凝视良久,那眼神黯淡下来。突然,身陷围猎已然绝望的小鹿猛然转身,一掷,行李箱于一丈外爆裂,衣物、书本散落一地。

她慢慢蹲下身去哭号："我什么都不要了,还要我走吗?"

但小敏终究还是在那个下午夹在花花绿绿的编织袋中登上那列腥臊瘟臭的绿皮火车,一路颠簸东去。我们上回乘它,还是小学生,一道被往返两地的大人捎回上海躲地震。

小敏要回的,是儿时与我做邻居的那条老街,上海黄浦区南市邑城内的光启南路。两家虽不是门挨门,却也隔不了几户。依城区地段老说法,那里是"上只角"中的"下只角"。说"上只角",因它地处现今黄浦区——老上海的英租界;说"下只角",则因那里聚居着自《南京条约》后上海开埠以来数千户贫民。如今街道居舍满目疮痍,冬日炊烟袅袅,夏日飞蝇缭绕,门头斗拱间偶见百年老城厢的疏影。一条熙攘了几代青春,装载了她外婆一生的城中老街。

而我家,新中国成立前是这条街上的大户,独栋三层,后院还有一幢砖石结构两层洋房,但在我出生前已被"司令部"占领,用作食堂,后又改成宿舍。现在又完全不同了,变身为天主教会的一个场址,已完全与我家无关。

刚出生那两年,我家先后被抄过五次,楼上楼下已找不见一块完好的木地板,掘地三尺全被撬起过,木墙裙也伤痕累累,那是在查验暗室暗格时被钝器敲击留下的。外公曾三度腰缠金银细软逃往宁波老家,小舅被火烧屁股得了精神病。母亲所在的医院要支援内地迁往淮北,单位里也有死扛不去的"钉子户",可母亲却因家庭成分不好,没有说不的权利。小敏家的成分也好不到哪去——海外关系。

随着小敏的离开,我在淮北便失去了避难所——以她品学兼优之信用为我撑起的保护伞。我再不敢打架,自认难逃社会、学校、父母全方位无死角的联合"绞杀"。高三到大二,天下躁挠、人情汹汹。

着实不敢想,世间竟还有比淮北街头群殴更血腥、更具破坏力的大事件,大城市似比小地方更令人惶惶不安。相继听说,国门之外,柏林墙倒塌,苏联解体,冷战结束。整座煤城一夜间变成囚笼,将我禁锢,动弹不得。龟缩亦有益处,到了高三期中考,我门门功课成绩皆有拔高。也正是那次考试,让我认识了汪晨——我的初恋。

那是惯例中的一场混编插班考,汪晨是高一女生,与我同桌考不同试卷。那次我帮她不少,频频换回感激与崇拜的眼神。我从小就懂得享受被人家崇拜的滋味,且回回都把那种滋味糅进内心再加工,酿出对人家莫名的好感,然后加倍奉还。

她是我认识的第一个非沪籍女孩,祖籍佛山,父母既非支内也非知青,从爷爷那一辈迁居淮北。我在心里将她算作半个本地姑娘。

考试期间我问她家住哪里。她只说新华巷。寒假伊始我便在新华巷一带潜伏出没,很快"偶遇"了她。我壮胆迎前:"还记得我吗?"她耸肩,露出触藩羝的羞笑,却故作夷然:"当然啊,我记性哪有恁差?"我问她要去哪。她说文化宫,有个美术展。那天我陪她去看了美展。

凭借持之以恒的几番"偶遇",她为我的硬实力折服,我却被这个静秀的姑娘牵引着,半夜三更去她家楼下守候。

隆冬腊月雪虐风饕,我被军大衣裹得寸肤不露,蹲在楼前雪浅的路牙上,仰望那扇台灯点亮的花窗,赏那皮影般晃动的倩影,等她扔下纸团。那纸团里总会摘抄些徐志摩的诗句,随雪花飘落,脱离原文语境,变为抽象的文字,读来生涩难懂。但那是一朵温暖的雪花,我不惜连滚带爬去那白皑皑雪地里苦寻。

她是艺术生,家教极严,只有去青少年宫画画的日子才能与我相见。那年春节过完,我们两家都装了电话。可她房间是串联分机,每每打过去都险象环生。我们第一次牵手,是她从少年宫逃出来与我看电影那回。我战战兢兢摸索到她的手,黑暗中她惊颤一记,没抗拒,怯生生被我牵着,直到手汗把两只手分开。

小敏回沪后拼命给我写信,大篇大篇,停云落月思怀种种。可我回信通常仅寥寥数语,甚至连家里装电话都没告诉她。

大考在即,年级组原定不组织春游,可后来不知何故又成行了。我把消息告诉晨儿,她问去哪。我说珍珠港。她一听便会意,亢奋道:"蚌埠!一样!"

那场春游,我们睡在蚌埠郊外,两个班再度混编,男女各睡一个大棚,通铺。棚外有个炸臭豆腐干的摊子,气味随风灌入,熏得我无法入睡,披件外套出来透气,见她在摊前吃臭干,朝我笑:"来,尝一块。"我嘴一撇佯装逃跑,她手擎臭干串在后面追:"不逼你吃,等等我。"外面一团黑,我没跑远,故意让她追上,转身正欲张口说话,不料她见缝插臭干,而后捂紧我的嘴:"敢吐我再也不理你!"那是我平生所吃的第一块臭干。

追逐嬉闹声把她的老师招引过来:"汪晨,回去睡觉!"

返程的火车上是相似的一幕,我们站在车厢连接处东倒西歪地聊,身后再度传来严斥:"汪晨,回你座位上去!"

　　直至春游结束回校,那个尖厉的声音顺着怒指频频刺向我们,使我一度产生幻听,挥之不去。没多久,她的父母被请来学校。我的班主任也找我谈了多回。

　　一天晚自习放学,我照例送她回家。路上一前一后,无话,她的手在躲我的手。一直到她家附近,她塞给我一张纸条,转身就跑。纸条上写:"爸妈和班主任都盯着我,不能见面了,你就要毕业,我还有两年,想过没?将来怎么办?"

　　次日晚,我也塞给她一张纸条,写着一句墨西哥谚语:"试图埋葬我们的人万万想不到,我们其实是种子,暑假再去找你,将来我们一定会在一起,相信我!"

02. 为了我们的将来

　　午饭时间到,钟艳来院子里找我。我问,这是哪儿。她说:"还能是哪儿,我家啊。"我说:"知道是你家,我是问你家在哪儿?"她走在前,那一缩颈,我便知她在偷笑:多新鲜,我家就在这儿啊。

　　昨晚稀里糊涂被送来这里,我本想知道这所房子地处哪个区的哪条路上。我晓得她在装傻逗我,索性不再追问。对一个失去方向的人来说,身处何地区别不大。

　　午餐是她雇来的崇明阿姨做的,小菜精致,味道也好。她又与我开起玩笑:"知道吗? 当年被你无情拒绝,后来我就自暴自弃了。"

　　我料到她会旧事重提,此话自然当真不得,于是反唇相讥:"如今自暴自弃的人都住在这样的大别墅里吗?"

她往我碗里夹菜:"你别不信!"转而又满脸惆怅:"昨晚我还在想,当年你不肯进我的屋,如今总算躺在我床上了,却已是别家的男人,唉。"

我一时讶异:"嗯?什么别家的男人?"

从我的反应中她似乎嗅见了什么:"这么说,你和汪晨后来分开了?"

我佯装用筷头敲她脑袋:"吃饭!"我举起酒杯,喝干半杯白葡萄酒,苦笑摇头:"能再遇见你,好有缘。"

她似有动情:"真的,你还是你。"

其实,当年听说钟艳返城,我就没期待能再见到她。自然是因为有了晨儿。

那年我没考上理想的大学,最失望的人不是父母,而是小敏,因为我没能考回上海。小敏则是优中录优进了上外。

那个暑假,我与少锋厮混,没机会与晨儿见面,但我们找到了一种独特的联络方法。晨儿直拨我家很方便,我找她却要拨通后马上挂掉,她家只响一声铃,她若听见,会等父母睡下后打来。彼时没有电信诈骗,电话机连来电显示和回拨功能都没有,经常只响一声铃,要么故障,要么故意。她爸采信了前者,先后请好几拨人上门修理,可故障阴魂不散。

大学里打电话不方便了,我改为与晨儿通信。我这才体会到小敏写信给我的心情。我与她俩保持书信往来,却无意让她们彼此认识。直到我把两封信插错信封。最大的灾难在小敏那头，我把写给晨儿的一大篇情书错寄给她。两头因此相互感知彼此，可她们竟在同件事上高度默契，只字没回，仅将原本不属于自己的信寄还给我。

暑假回到淮北，电话里晨儿没生我气，写给小敏的都是家常便饭，生气缺乏素材。不过她怪我从未与她讲过小敏。挂上电话，我一个月后才见到她，她家教确有这么严。

那日我皮将晒焦，终于在青少年宫楼下广场等来她。蓬生麻中，不扶自直，一年未见她瘦了，蹿个了。对视许久，她不自在，一指头戳歪我惊愕的脑袋。钟艳确实妖艳，可如今的晨儿已美到我骨头里变成骨髓，再抽离便活不成。

大二暑假，我们终于盼来解放。我想登门拜访她父母，被她惊恐回绝："得意忘形啦？大学生也还是学生，要见，起码四年以后！"晨儿考上了浙江美院。我们看电影、游泳，把生涩的初吻给了彼此，当作庆祝。感觉天地属于我们，每朵云彩都该从天上下来加入我们的狂欢。人莫予毒，我们甚至想回到中学，手牵手从老师面前经过。

那时淮北到杭州并没有直达车，须在上海中转，晨儿每回都要在沪小小逗留。她说她喜欢这座城，我的故乡。她所理解的未来，是要在那些够得着云端的大厦里画田园风光。我其实一直没听懂这话。

我大三的暑假，晨儿比预计中晚归几日。一次街头偶遇，我与发小朱乐蒙站在路边聊开了。朱乐蒙也在浙美油画系，比晨儿高两级。他对晨儿印象深刻，说她在浙美很红，追求者众，年级上下趋之若鹜，最后还闪烁其词说起个传言：晨儿可能已有新男友。

传言归传言,我笃信晨儿心念系我一身,绝无旁骛。可真到她回来站在面前时,我却心存芥蒂,变得寡言。她似乎懂我,试图主动撕开我的沉默。她说确实有人追她,且不止一人。其中之一被她婉拒后作罢,另一个死缠烂打,她没辙,告诉了辅导员……她在努力追忆,试图查出流言的源头。我当即释怀,怪她信中不提。

直到我大学读完,也仅去浙美看过她一回。那是在我毕业实习阶段,朱乐蒙正要随老师外出写生,我接踵而至。发小将西湖边一间租屋的钥匙留给我,关照离时交给隔壁房东。我住下了。

令我备感意外的是,与晨儿刚见面就接吻了,居然还是她主动。她双臂环绕我的颈,先贴面,接着吻来。这一幕发生在浙美校园里,众目睽睽之下。尽管羞涩难当,且不自然,甚而局促异常,可她仍是做了。

我当时只顾甜蜜,过后才明白,她终于等来这个机会,用行动去攻破一年前那个流言。她始终都是在意的,不仅在意旁人如何看她,更在意我在她生命中的位置,曲解与玷污都是她不容许的。

事实证明这一吻有奇效,此后两年她成为青春校园里罕有的绝缘体,再无人来扰,只收过一封匿名信,而她的处理方式也变本加厉了。那信封上写她收,纸上却连抬头称谓也没有,直抒胸臆把人夸成仙,看不出在夸谁,更没署名。她趁没人时把信贴在教室的门框上……

真是个琨玉秋霜般的女子。我在回信中揶揄道:"予人玫瑰,手有余刺。"

我在杭州的最后一天，随她在浙美食堂里吃好晚饭，她说要陪我到西湖边走走，我说好。而后她又说想去师兄（朱乐蒙）那儿看画，我点头。交往四年半，我们从未有过孤男寡女共处一室。

那晚，她的视线始终都在我的脸上，无暇睨视师兄的杰作。一进门我就吻她，从楼下杂乱的画室一直吻到楼梯上。最后几个台阶，她让我抱。我没犹豫，如托一片羽翼，钻进低矮的阁楼。那是发小摆满书的卧室，简易的地铺。

她缓缓躺下。月光从未像那晚那般纵情，透过天窗肆意倾泻而下，洒在她脸上仿若带雨梨花。第一次离性如此近。可当两条无鳞的泥鳅钻进被窝后，却迈不过避孕的大门。彼时夜杭州啥也买不到。我们死命抱作一团，越抱越紧，几近窒息，但仅此而已。整晚，我们不知疲倦地研究彼此的身体，她时常在我耳畔低喃："我不怕。"我却一次次挣扎出来："可我怕，最后两年，再等等。"

两年眨眼过去。小敏去了美国，在电话里跟我道别，没哭，不止一遍提醒：勿忘记自己讲过的话，要来看我的哦。

尽管直到多年以后我才想到去美国看她，但毕竟没有食言。未来的她嫁给了一个叫汤姆的纽约人，两口子却搬到旧金山住。我去了她家，见了汤姆。汤姆亲口告诉我，这是小敏的主张，她的理由是，地图上看起来旧金山离上海更近些。

晨儿毕业离校，我工作已两年。收到她回淮北的日期，我跷班跑去郊外，租下一间逼仄的公寓。她回来那天，我开着局长的车去车站接她，没送她回家，径直来到我们的新家。那是一个惊喜。环顾那些为她而做的精心布置,她说:"歌于斯,哭于斯,从今起,属于我们的美好时光正式开启。"

我毕业分配到商业局,尽管是计算机软件专业,但专业程度二把刀。彼时所谓微机房,只不过是实验性场所而已,编程都是装样子,与实际应用关系不大,主要搞办公自动化,讲白了就是文字处理,处理各类文件。以前油印、铅印太落后,现在有了微机,把领导的话录入进去,修修改改,定稿后联上打印机,套个文件头再盖上公章,红头文件如此生成,还可无限复印。

大学毕业到机关单位干打字员,这在当时稀松平常,无人觉得不妥,反而自认高端。那时机房是重地,计算机精贵,温度、湿度、防尘,管理上有复杂的规程。能进机房的人,不是领导便是大学本科以上所谓人才。

我在机房没待几天就被调到办公室,源于局长偶然发现我的笔头够利索。报到没几天我临时接到个活,那稿子佶屈聱牙,我干脆把中间一大段改了。后来才知那是局长的发言稿。可当我去新部门报到时,发现还是在机房办公,那是紧挨局长办公室的一间小机房,只有一台微机。意思明摆着,今后局长要出材料,找我更方便。

最初我只是个比别人多些文字水平的打字员,没想到局长很注重培养我,大小会议让我旁听,公私场合带着我。随着我对政府机构和商业系统的研习,政策水平也同步升华,加之极擅掉书袋,深谙公文书写之要义,此后两年我包揽了局长的所有文字材料,那是局长赖以为官之刚需。

局长喜欢我,对我比对司机更好,旁议我为怀材抱器之人,假以时日必成气候,偶尔许我用私车,出国谈项目屁股上也挂着我,纵容我经常跷班的毛病。后来为了解决这个矛盾,索性给我配了科级以上才有资格挂在腰间的BP机,便于随时传唤。由此忮心四起于情难免,同事扎堆,行居下讪上之能事时常会避我耳目。同僚愈是如此,便委实一步步将我赶上了"小爬虫"之路。

这期间有个人进入我的视野,单位李副局的司机韦志强。乍听这名字令我一惊。按说韦姓与我荣姓相似,并非常见,却缘何一路走来间见层出?韦二毛、韦大师、韦志强。后来我终于摸清,韦志强正是当年那个韦二毛,这才是大名。

更令我不安的是,韦志强曾与别的同事聊起过我。"荣进?我认识他比你们早!"既有这层渊源,那便是薰莸不同器,自此我对此人退避三舍,不点明,不走近,更不结交。但未承想日后仍会给我带来麻烦。

晨儿是油画专业的,那年起工作不包分配,除学校、文化宫、青少年宫,没有更好的去处。我安慰她:"只怨国人缺乏对艺术的热情和想象力,假如有一天我们这儿也出现神奇的麦田圈,你信吗?那上面一定写'办证:126巴拉巴拉'。"她听后苦笑摇头。

此后全赖其父挨风缉缝,送她进了银行,开头也是在基层,在分理处临柜办储蓄业务。美术院校毕业生去银行工作,这在当时也不稀奇,她的同班同学还有进计生委的,甚至残联。彼时出路靠路子,跟专业关系不大。

她工作一年后,我们先后拜会双方父母,四位家长甚为欣喜。几月后,我们大鸣大放同居了。尽管不悦,可真遇上彻夜不归,长辈们也都置若罔闻。尤其是她爸,自女儿走上社会,直至未来女婿登门拜访那一年多,仿佛完成了某项重大角色转换,对女儿不再是一副管教姿态。

　　我们租房同居,不能结婚,更不敢怀孩子,最大问题在房子。这个大难题在同居第二年顺利解决,我享受到单位的福利分房。一切似乎水到渠成,顺得让人不确信,进而隐隐不安。仿佛是年龄在解决一切,而非能力。

　　是年发生了很多事,我下基层锻炼,几个月后回来,被提拔为办公室副主任,下半年转为主任。可局长签发的任命通知墨迹未干,单位便传来整个商业系统即将改制的消息,商业局以后不叫商业局了,叫商业集团总公司,局长以后也不叫局长了……这意味着单位性质今后将不再是政府机关。

　　那一时期人心浮动,钩心斗角。可外面的纷扰丝毫冲不淡幸福的小日子,我拥有了第一台 PC 机和 56K 猫。那是个疯狂搜寻代理服务器的年代,人们都在向外冲突,皆执着于一点:互联网的意义远不止窝在 960 多万平方公里的大局域网里看过期新闻。

　　一晚,她躺在我的臂弯里问:"你们家打算啥时回上海?"我说:"政策一年一个样,爸妈打算明年去办户籍恢复,落回老房子,户口先迁回总归心里踏实些,至于人留在淮北还是回上海,再说。"

　　"那你呢?我问的关键是你。"

我当然知道她的关注点在哪,毕竟和她还没成为夫妻,以为她担心我返城后有所变故,于是郑重回复她:"有你在我哪也不去,留在淮北跟你结婚,将来生孩子。"

但我误解了。

她坐起身来怔怔地望着我:"那怎么可以？你总还是要回上海的啊,依我看晚走不如早走,等你父母那头办好了,你也尽快吧。"

我一听急了:"啥意思？你不要我啦？"

她笑:"要！当然要！但你也知道我有多喜欢上海,我想和你把家安在那里。"

她比我想得远。这一晚我们很兴奋,畅想着未来。但两个月后再谈此事,她的停薪留职手续已办妥。我大为光火,仿佛席梦思破了个洞,猛射出一根弹簧,疾言遽色:"当初可不是这么说的啊！太仓促了,你怎么能事先不跟我商量一下呢？"

她面色如初:"想要就伸手,想好就去做,当年你打起架来可不是这么优柔寡断的。"

我缓了下来:"但我们想好了吗？商量这事也才一次,不是小事,总不能说走就走了吧？"

她反问:"那还要商量几次才算想好了呢？瞻前顾后,到头来肯定是放弃的结果,把梦想缩回乌龟壳,这是你想要的吗？"

一提梦想,我无言以对。这事对我而言相对简单,我早晚要回上海,可对晨儿来讲就成了梦想。银行的工作她不喜欢,她喜欢做的事,到头来只用来混了张名校文凭。淮北需要商业繁荣、经济腾飞、

GDP 省内排名、财政收入逐年增长……但怎么都轮不到美术,让她如何甘心?况且想把家安在上海,未来把宝宝生在上海,又何尝不是我的梦想?!

这一晚我们商议,她有几个同学已在上海安定下来,为节省租金住在一处,她要是去了,确有地方安顿她。都是女孩子家,我去就不方便了。而我父母即将落户的老房子是我外公留下的,原本只住小阿姨一家,如今三舅先我们一步返城,一家大小四口从黑龙江迁回上海,我去也难住得开。那便只能由得她先行一步去找工作,我在单位再混一阵。

经过她长达一个星期的艰难博弈,加之我居间巧妙斡旋,她爸妈终于想通了。或许,面对坚定的我们,老两口不得不妥协。我父母倒是达观,表面上帮未来亲家劝说我们要考虑周全,私下却乐见其成。显而易见,既已认定了这个儿媳,将来一家人总归都要去上海,也还是早晚的区别。

临行前,我说:"去吧,为我们的将来!"我一指划过她的额,刘海翻动。

她仰视我的脸,眸中有一轮红日:"嗯!"

就这样我送她去了上海。可谁又能想到,她这一走便再也没有回来过。

晨儿刚到上海就找了份不错的工作,在一份全球发行的时尚杂志担任美编,这回深浅都与专业沾了边。但这份杂志来自香港,香港回归前,上海公司撤资了。她跟随主编去了香港。

这段日子,二毛的副作用顿然显现,搬弄是非,暗中掣肘,在李副局面前骂我小人得志,背靠局长大山目中无人,与僚党妄议李副局的风月事。这摆明是无中生有。我对李副局一向俯仰唯唯,敬之唯恐不及,何来半句诽言。可李副局偏信了耳食之言。

某次机关楼道偶遇,李副局笑面赠语:"年轻人要谨言慎行。祸从口出啊,切记。"

但我怒不敢言,二毛居于郊外矿山,背后有股子看不透的野势力,加之前缘旧怨,心下忌惮唯有隐忍。

03. "寄居蟹"幸运得真爱

午饭后,钟艳沏来一壶好茶与我对饮,聊起彼此不知道的往事。既然我讨厌二毛,她又没主动提起,那我自然没兴趣知道他们之间往年的故事,眼下我对她本人倒终于有了好奇:"回上海这些年,你怎么过的? 怎么就堕落到住豪宅开豪车的地步了呢? 你早就结婚了吧?"

她苦笑:"别看表面,其实我命蛮苦的。"忽而顿住,节节垂头,掩面饮泣。

我了然,触伤口了,坐过去给她递纸巾。少顷,情绪平复,她讲起这十来年间的事,都是回上海之后。

她随父返城那年,中专学历,找不到好工作,在一家棉毛布厂当工人。直到二十一岁，正值婚恋黄金季节，仍走不进富贵朋友圈，只能被一帮普通青年追求。但两年后似有转机。她表妹谈了个有钱男友，带给她看过，卖相一般，有点口吃。这足以令她羡慕。混熟了，她私下求"妹夫"帮忙介绍朋友。她列了个条件清单，满满一页，谁天生欠她似的。

正因眼光高，"妹夫"做媒好几轮，皆无果。某天，表妹在钟艳跟前问男友："不还有'老哇塞'吗？够有钱吧？也让表姐见见？"

"老哇塞"是一位富翁的外号。那几年正值以"哇塞"为首的大批港台口头禅跟随影视扎堆涌入内地，而这位富翁几乎三句话不离"哇塞"，日久便落下此绰号。既叫"老哇塞"，便闻得到俗气，年龄必定不小，又是离异。

这些钟艳知道，可她却说，不也没到五十嘛，再者说，男人离异一次是块宝。"妹夫"给她看了相片，她扫了一眼，当即表示可以见面。

这一见便是"一见钟情"了。她一眼相中号称四十九岁（实际五十一岁）的"老哇塞"左手小拇指上那枚大彩钻，而"老哇塞"的魂魄早已被二十三岁的钟艳勾走。可她并没打算认真嫁给他，只想做个暂时陪伴他的"寄居蟹"，讲白了也就似包养那般不择生冷。好在圈里人都了解，"老哇塞"绝非裘马清狂之人，离异后守身如玉，算得上正经男人。

当"妹夫"从表妹那儿得知她这层心思后，弹眼落睛：早晓得就太便当了呀，我认识好多"老哇塞"，还有"老酱紫"和"老卧烤"……再传到"老哇塞"耳朵里，他倒既无反感也不失落，只深邃一笑，愿聘钟艳为"高级特护"，月薪三万块。

"老哇塞"姓郑，珠宝商，在上海滩黄金地段坐拥三间珠宝行，资产过五亿，这在20世纪90年代初相当了不得。其实他离婚前资产六亿，他前妻带孩子分走一半，两年后他竟奇迹般又滚出一个雪球。

钟艳正式上门那天，尊称他为"郑先生"，他笑："以后叫我老郑好了，不必拘礼。"事实上自"相亲"起她就没从他口中听到哪怕一个"哇塞"。这个绰号还真是悬疑得很。

老郑的家坐落在岳阳路和东平路的交界处，一幢17世纪意大利巴洛克风格的小楼。这幢楼据说是19世纪俄罗斯著名建筑师扎罗西宅邸的复制品，虽说扎罗西受意大利建筑风格的影响已深入骨髓，却仍难掩混血的蛛丝马迹，如同上海这片久历沧桑的滩涂，躬身可捡地球每个角落漂来的贝壳。这从它外墙精雕细琢的俄罗斯民俗浮雕便可管窥一二，外加它省略了传统经典的独立塔形结构，偏又保留了些战盔形剖面装饰。

那天老郑亲自领她参观宅子和花园，又亲自帮她安顿住处。那是位于这幢小楼二楼的主卧，也许是整幢别墅最舒服的一间居所。屋内是原汁原味的欧式陈设，古朴的繁复，每处抹角都留有精雕细琢的痕印。阳台一眼望得见教堂的尖顶，中世纪歌特式小教堂，于一众卑微的石库门房子中耸起刺云，昭告它的至高无上，也更接近神之所在。不知为何，看到那尖顶，听到那钟声，她的心会回归安宁。他让她先安心住下，明天让女助理陪她去医院做个全面体检。

他的意图明显不过，不逼迫，不强求，给这位美娇娘足够的私人空间去适应新环境,只待慢慢与她培养感情。

但次日体检让她很不舒服。只因她有言在先,自己并非处女,女助理便要她将皮肤、性病相关全套项目检查了个遍,而其他身体指标只做点缀,走个过场。回到家,她质问他:"为啥要查这些?"

老郑笑:"你勠多心,我接受不结婚,但体检是必须的。"

她更不服,反问:"凭啥只让我一人检,你不去?"

他说:"那要么你每月付我三万块,包我吃,包我住,包我出入一切花销,给我配车、配司机,让找随意支配五个佣人和一个厨子,我马上就去。"

钟艳一听,除了每月净收入,还能享受那么多特权与待遇,当即识相地闭嘴。

老郑很讲信用,许诺给她的不折不扣都兑现了,唯独不碰她,只偶尔日落归巢与她一道晚餐,或餐后由她作陪闲庭信步。一到周末,他会在家见一些客人,有生意上的,也有社会名流,偶尔也有演艺界和文化界人士造访。

临近圣诞,家里开始张罗起圣诞派对,家丁出入稀稀拉拉,宅子越大心里越空,回到房中,世界缩成股掌大的鸟笼,只容她在镜中欣赏一只金丝雀。可即便她住进这深宅大院,往日追求者仍循着荷尔蒙找来了,绕着铁栅痴痴窥她。对此老郑视而不见,由得她与小子们周旋。

日久她反自觉幼稚,老郑置身事外的漠然,令她以往热衷的恋爱追逐游戏顷刻间变为小儿科,很不上台面。那些油头粉面的追求者,无一不是爱慕她的容颜，也无一消费得起她昂贵的青春。渐渐地，她厌了。

相比之下，老郑则是另一个世界的人，她虽身在其中，却自认暂未走进那个世界。原以为他是那种喝干红干白都要掺雪碧的土大款、暴发户，而今看来，他不仅是成功商人，也是一位风雅人士。他外形本就清瘦，加之鼻梁上架一副斯文眼镜，更显几分儒雅气质。偶与客人夜来小酌，侃侃訚訚庭院中，借酒兴他也能摇头晃脑吟诵几句古韵。

原还以为，他这种人一出手必定是珠宝和大金条，不就靠这发家的嘛，可他与友交际往来，互赠之物却以古玩字画居多，偶有书籍。过往皆是以宫笑角，眼下一切，与传言以及她进来前的猜想天差地别。

感恩之余，她渐渐对他萌生好感，有意无意找机会贴近他，总想为他做点什么。可他每回都说，不用，真不用，这些事有人会做，爱玩的年纪孷总待在家里，要闷坏的。

圣诞平安夜，管家别出心裁，把盛大的狂欢派对办成了假面舞会。她既新奇又生怯，寸步不离贴身守着他，谁请她跳舞都不肯赏脸，担忧一下舞池就会被那些蒙面劫匪掳了去，反倒是他在旁不停鼓动她。舞会下半场，他的独生儿子赶来看望老爸。他把儿子介绍给她，她这才勉为其难陪郑家少爷跳了一曲，相互间都还没看见脸。

舞会于深夜结束，客人们在丁零当啷的杯盘声和院子里的引擎声中散去，郑家少爷也走了。连她自己都不能解释，缘何要等回房关门后才摘下面具。

这夜她心绪落寞,当熄灭屋内所有光亮,她更是陷入百无聊赖。索性点起马灯,推窗跨入大不过浴缸的弧形阳台。阳台虽小,却摆得开一把餐椅。她将马灯悬空挂起,坐下来仰望夜空,阒然无声,仿佛在夜空中点一盏灯,孤寂的灵魂便不会被吞噬在冰冷且苍茫无际的宇宙中,借此,不羁的视线也寻得见回来的路。

呆直的,她的视线穿透云层,出了大气层,来到浩瀚的外太空,回望藐小的自己,体味着任意生命体每分每秒的衰老,相比宇宙时间那微不足道的流逝,好似从太古洪荒至地老天荒也只在谈笑瞬息。她所能看见的永恒,不过就是这间寄居的老屋,她所钟爱并临时占有的那张半圆形法国山毛榉原木桌、欧式棕漆餐椅与五斗橱,连同老郑施予她的一切精致的生活道具,被绑在一个球体上连轴转上一万多圈……恍惚,为何会有一万圈之多?

一刻间,她自以为看透了生命。可她分明又是那样珍视自己的灵魂,生怕它进入未知的轮回后惨遭莫名的碾压,以至于最终变成她不再喜爱的形状。失去价值总令人心不安,她决心要弄清真相,即使继续做"寄居蟹",也要做个有功受禄的"寄居蟹"。又坐一会儿,她终于憋不住,来到三楼书房找他。

她说:"你就这么养着我,啥也勤我做,也不碰我,把最好的房间让我住,自己却跑去睡客房,究竟啥意思?当初还要我检查那些性病,又有啥意义?"

老郑费解:"还有啥不顺心吗?"

她说："不是不顺心,是不安心,我想不通,你究竟图我啥?"

老郑放下手中的书:"图你啥?有你在,这幢房子有了生气,每天看见你,我心情就很好,既然你有言在先,不肯嫁我这老头子,当然不可以碰你,所以聘你,体检是必须的,我家雇员进门前都要检,我的老规矩,你例外,先进来后体检,这可不是为了要碰你才这样做啊。"

她挠挠头,仍糊涂:"可我还是想不通,还是不安,你能讲点实际的吗?哪怕一条也好,比如我这人长得很旺财,我来之后你又多赚了几千万也好,也能让我安心。"

老郑朗笑:"过来坐吧,给你看点东西。"

她很听话,陪他坐进沙发。他给她看的是一本相册,全家福,不同时期的。从第一页起就有他的独养儿子,那时还是个儿童。越往后翻,人数越少,想必上面四位老人相继离世。直到最后一张,只剩一家三口,儿子已成人。

他问:"你看到了什么?"

她说:"家族史,家族兴衰。"

"哇塞!"他终于露出了这句招牌口头禅,"你是历史专业的吗?那你要是中文专业,我猜你会说'家春秋'。"

她满脸问号:"那就不懂了,你希望我看到啥?"

他合上相册道:"从第一页翻到最后一页,全家福从七口人到三口人,现在合上影集,你只看到我一个人,但不管是七口人、三口人,还是如今我孤家寡人,也不管以前和今天我有多少钱,家还是家,它还在,我看重它,守着它,可我守的始终都不是一幢死气沉沉的老房子,懂吗?"

她陷入沉思,好半天才抬起头:"那,所以呢?"

他说:"所以,这本相册的最后一页两年前就用完了,该封存了,这个家应当重新定义,新相册也该启用了,会有新的全家福贴进去,如果你真觉得不安心,那明天就派给你一件重要的事,陪我拍一张新的全家福,就你和我,你可以不嫁我,但我视你为家庭新成员,好吗?"

她有点为难:"一定要拍吗?"

他故作后仰:"看看,这么点事都做不到,难怪心不安,拍是一定要拍,只是我不会勉强你,哪怕我一个人拍,那也是全家福。"

思量片刻,她答应了:"好吧,其实是举手之劳,说定了,我陪你拍。"

回到房间,她心生悲悯。老郑虽腰缠万贯,却有不可向外人道的可怜。他曾经那么看重的家,如今支离破碎,连张全家福都凑不齐,竟要求助于她一个外人。转而心又暖了过来,她终于愿意承认他是个好人,言行正统的中年男人,浑身是装不出的做派。这也才真的相信,她若一直不肯嫁他,他便永远不会碰她。刚才在书房,就连相册都是他隔着茶几递来的。

人非草木,情难自已,她在清醒中看见自己一步步陷进去。

几天后的书房,当她在一本新相册的第一页看见她与他合拍的那张所谓全家福时,竟扭转身去偷偷抹泪。照片中没有粉饰的她,艺术效果也远不如满大街的影楼照,可她分明看见另一个自己,本真的、渴望家庭温暖的她,瞬间跨越几十年,又看见操持家事大半辈子的自己。相片上的女人，着一件中式花袄，与他的唐装格外登对，她神情淡然，笑容柔和，从未有过的端庄贤淑……洋装高跟鞋让人自信骄傲，却无安全感，回归常态，花袄平底鞋才让人舒服自在。

这是个多么意外的结局，可她坚信他是唯一值得拥有她的男人。这一念便是解放了自己，笼门洞开，天地向她敞开怀抱，金丝雀却没有了飞走的理由。这天起笼子消失了。

在她搬进大宅的半年后，终于对他说 I do。隆重的婚礼，一切都是最好的。他丢下生意整整一年，陪她环游世界。无龄感的相互陪伴，见证了迟到却从不缺席的无龄感爱情。她曾觉得自己是世上最幸运且幸福的女人。

但幸运如烟花，在她二十五岁这年，他被查出肝硬化，命不久矣。

他央求她为他生个孩子，可她很矛盾，不想他们的孩子未来只能从照片上认识自己的父亲。到后来，他的央求变成条件交换，只要她答应，愿留给她一半遗产，否则她只能得到一所位于徐汇滨江的房子。

可她从未这么坚决过，含泪说："这样吧老郑，我陪你走到底，但生孩子就算了，从今天起我不花你一分钱，遗产你全留给儿子吧。"

他形槁心灰，以泪洗面："真是个犟丫头，你想证明什么呢？"

她说："证明我一开头确实是为了钱才跟你在一起，但现在不了。"

他问："那你现在又是为了什么？同情？怜悯？"

她咬咬唇："不！因为我真的爱你，否则就算你再有钱，我也不嫁你。"

半年后他走了。尽管她坚决不要孩子,却仍得到他近半遗产,包括眼下这所位于徐汇滨江的别墅。

由此,我方才知道自己目前的坐标。

讲到这,钟艳似有忐忑:"我这么做是不是太狠心、太自私了?"

我摇头:"你的权利,无所谓对错,这始终就是个跷跷板,对老郑仁慈了,对孩子就一定不公平,况且单纯从传宗接代的角度,无论是跟谁生的,他老郑总归已经有后代了。"

她很感激我这么说,双手交握横于胸前,长吁了一口气:"两年来,我第一次跟人讲起这段往事,讲出来心里好受多了。那么你呢?这些年是怎么过的?汪晨现在又在哪?"

有别于当年的青春儿戏,钟艳今朝的恳挚无以复加,我乐意告知她一切。自然也得从当年返城说起。

04. 蒙起眼睛的爱

1997 年香港回归,亦逢我家返城,我父母先把户口迁回上海。

我在电话里把此事告诉了晨儿,她的反应却意外平淡,只一味催促我也抓紧办。我一细问才晓得,她在香港工作不顺,很累,春节前就想回来。她在港一年,除了这通电话,一直与我通电邮。

得此消息,我大喜,心里盘算,与她团聚也许就在春节,就在上海。我行动起来,为回沪发展而奔忙。但我忘记了父母刚刚落下的叹息声,低估了办事的复杂性。我先去办停薪留职,然后再迁户口。既有小人出没,我怕当地户口注销后有些事难说清。

依据支内子女回沪政策,沪淮两地我先后跑过二十多个如我原单位一样的机构,盖了三十多个章。单就父母确属"双支内"、我是我父母的儿子、我确系随迁家属等基本事实就盖了十多个章。两三个章证明一件事,换回个新章,拿新章配合其他章,再去换另一个章;几个证加起来领回一张表格,填好,配合其他证和章再去办别的手续;有些单据有时效性,有些事需要同步办,先后次序若颠倒,极可能这件事还没办下来,那个单据已超有效期。

多亏我父母先一步把当年《上海市卫生局革命委员会支内人员花名册》找到了,为此二老把两地卫生局、档案馆的门槛都踏破了,辅助证明材料更是连区级《卫生志》当年对我母亲全院搬迁的相关记载都用上了。我感觉自己是一只被困在下水道的老鼠,每个岔道都有看守,没有商量和通融余地。我在父亲留下的1.5平方米的绘图纸上精密勾画着办事流程、进度,所涉复杂的逻辑关联及具体办事人员,更是用上了我日后创作长篇小说才用得上的人物关系图谱。

撇开时年支内奉献精神,我父母当初来淮北,举家仅携两张火车票(我免票)和一张上海户籍警开具的证明,来便来了;而今回沪,不计父母一方,仅我本人就要往返两地五次,耗时半年,集齐三十多个章,此间盘诘留难不言而喻。

"况吾时与命""骐骥困盐车",这是我父亲时常挂在嘴边的悲叹。在那个户口、档案拴牵人生的年月里,或是搭错车,或是一腔热血遭愚蛊,总之当人醒来发觉南柯一梦身在异乡时,子女长大了,一生过完了。我了然父辈的感伤,命运捉弄人,有时并不体现在它给不了人想要的,而是硬塞给了人不想要的。当年不得已而接受,时过境迁,也就再难回头做毫无意义的假设了,一人毕竟只一生。

元旦过后,举家三口的户籍终于团圆在上海的红皮本上,但在我买房之前,父母仍打算居于淮北,那里毕竟是第二故乡。我在龙华寺一带租了套三居室公寓。雨旸时若,此冬祥瑞,只等晨儿回来过年。

可直到春节过完她才回来。见到她时,整个人消瘦得与从前判若天渊。

我问:"发生了什么? 一年半不见瘦成这样?"

她虚弱地笑,过来抱我:"没骗你吧? 知道我多累了,不过没事,饮食不规律,没胃口。"

我又问:"这次回来还去吗?"

她如释重负:"不去啦。"她坐下来歇了会儿,启动小规模撒娇:"那这回你要帮我好好补补。"

当晚,我带她去淮海路最贵的法国餐厅享用大餐,可她只进了点蔬果。我还带她去附近一间有名的吉他吧——"来吧"。与她相处多年,除了中学的文艺会演,她还从未面对面听我弹过吉他。

我喝下一瓶朗姆,借酒劲上台为她弹了曲布鲁斯味道的独奏。钢琴师可能熟悉此曲,即兴为我伴奏。她激动坏了,在下面毫无节制地鼓掌,直到我坐回她身边,摁住了她的手。她不会懂,莫看这间小小吉他吧,却是藏龙卧虎之地,几乎夜夜云集上海滩各路高手,上台即为挑战。

我的政府部门任职背景,加上党员身份,使我年后通过猎头轻松得到一个不错的职位,港资 IT 公司行政副总裁,忽略福利分房因素,收入是我原单位四倍多,还配给我蜂窝电话和一部普桑。连港企都有政审思维?我在疑惑中笑纳。

我不让她出去工作,至少在把身子调养回来之前。从小家教极严,她在家倒也待得住,开始画起油画,但胃口时好时坏,始终就是不长肉。她偶尔会抽烟,细细长长的女式烟,想是在香港沾染的小毛病,我不反感,也不问。

五月初,她说想出去转转,突然很想尝试潜水。

在淮北时,我俩都没有正经假期,我好歹被局长挂在屁股上跑过不少地方,可她一个银行小职员哪都没机会去。一提潜水,我想到三亚亚龙湾。我决定请假,再搭上一个周末,陪她去散心。去潜水前,我们在苗寨住了一夜。

那天黄昏,往来村民身着民族服饰,参天的椰子树下,我们躺在吊床里。我在欣赏苗族老汉爬椰树摘椰子,敏捷身手令我叹服。而她正透过密林叶隙守望一抹残阳,出神。

不知何时,我的身边站了一位盛装苗族女,正朝我甜笑,问我要不要与她合影,只需五元。我转脸看晨儿,换回个鼓励的微笑,于是跳下吊床,把相机交给晨儿。合完影,付完钱,小姑娘问我们来自哪里。

我说上海。

她眼睛一亮:"哥哥,你能带我去上海吗?"

我尴尬,晨儿却在边上坏笑:"就是呀,哥你就带人家去嘛。"

我说:"小姑娘,上海这地方吧,是谁想去都能去,不需要别人带的。"

苗家姑娘却说："可我从小到大都没离开过寨子，我不敢。"

闻此言，晨儿收起玩笑，取出纸笔，把我的移动电话号码抄给她："小妹妹，不管你啥时候想去，打这个电话找这位哥哥，他会去机场接你，还会带你玩遍上海，好么？"

尽管这个"方案"仍没能解决姑娘如何去的问题，但已令她很开心，收起纸条，说声谢谢，欢快地走开。

目送姑娘走远，我笑问："你是认真的吗？"

她说："当然，你要没空，到时我来陪她。"

我相信她是真的，一诺千金的人。可除了那张写有墨西哥谚语的纸条，我没给过她任何承诺。我让她再眯一会儿，等下去吃苗家饭，自己则跑到寨门口，从地摊上挑选了一枚做工精巧的银戒指。

晚饭后有小型篝火晚会，我俩自然不会错过。就在游客们与苗家姑娘手挽手围着篝火载歌载舞的高潮，我把她拉出人群，来到正中央。篝火映红她的脸，火焰在她的瞳眸里舞蹈，她的羞意令我更加冲动。就在鼓点与喧闹声戛然而止的一刻，我单膝跪地向她求婚。

深夜回到吊脚楼，她娇扑过来："为啥要等这么久才开口？"

我说，要不是你一句"想把家安在上海"，这会儿我们连小孩都有了。

告别苗寨，直奔亚龙湾。那天我俩由两名教练分别带着同时下潜。海平面下光怪陆离，珊瑚斑斓，鱼群结队，光线折射让人在海底世界产生奇妙的视觉错位，潜水深度和镜片厚度同施障眼法，使那些珊瑚鱼群看似近在咫尺,伸手却只够到了抓空的恐惧。尽管潜水衣很厚,可冰冷的海水也在加深恐惧。

我远远看见她双腿僵硬一阵乱蹬,向教练竖起拇指示意紧急上浮。我也不得不放弃下潜。上岸后她呕吐不止,虚弱得连路也走不动。我背着她回酒店,一路上不停自责:"真不该让你下水。"

她却说:"不就是专门来潜水的?那我现在总算体验过,难受也值了。"

直到这时,我们还天真地以为,她的症状仅是潜水造成的。行程只能到此为止。

回到上海,我带她就近去了华山医院,医生要求先照CT。片子到手后,我把她安置在候诊室长椅上,拿进去给医生看。

医生皱眉,问我是患者什么人。

我一惊:"你什么意思?"

医生家的孩子,从小在医院晃大,母亲接诊面对各种病患的神态语气,全看在眼里记在心,我能间接分辨病情的轻重。

医生又问一遍:"你是患者什么人?"

我:"未婚夫,有话直说。"

医生:"片子不乐观,从位置上看,疑似贲门有肿块,暂不能确诊,需要去做胃镜切片,等病理报告出来,还要会诊。"

我蒙了,抄起"全麻无痛胃镜"单子跑去缴费,都忘了跟门口长椅上等候的她打声招呼。等她胃镜做好,我把她送回家,安顿她休息,自己到门外给母亲打电话,告诉她晨儿就诊的全过程。

母亲的话很简洁："先甭胡思乱想，只管照顾好她，我和你爸明天到上海，一切都等见面再说。"

我问："要不要告诉晨儿父母？"

母亲说："晚一天好了，免得虚惊一场，明天看完片子，要通知也是我来说。"

那晚，她让我打开行李箱，从里面取出一大包港币，间或有人民币和美金。她说："我生病没医保，拿去兑了顶一顶，没多少，本来是可以付房租的。"

我不作声，原封不动放回行李箱。

第二天，我父母的到来让她略感惊讶。母亲看了CT片，啥话也没跟我说，径直走到她的床前，握着她的手："晨儿，想吃什么？阿姨给你做。"

中午是父亲买菜做饭，母亲则把我从晨儿身边唤离，让我开车载她去新华医院，十万火急。母亲是要去见一位全国知名的医生，姓汤，四十出头，刚从美国回来不久的医学博士后，在美期间曾获奖无数，如今是新华医院执牛耳的肿瘤专家。此人正巧是母亲多年前的学生，动身来沪前他们通过电话。

尽管病理报告还未到手，但晨儿的病在母亲心里已八九不离十——贲门癌。途中，母亲给晨儿的爸妈去了电话，如同寻常接诊，不动声色，没把结论说死，只说严重，需住院，让二老尽快赶来，顺便打了招呼，有意让他们的女儿住进新华医院。

在新华医院见到汤医生，初次见面我首先提出请求，向患者隐瞒病情,什么病可随意编,唯独不许提癌症。

汤医生郑重答应:"你母亲是我的导师,请放心。"然后问母亲:"人见到没?啥情况?"

母亲含泪点头。母亲虽不是特别坚强的人,但在我记忆中,为一位病患流泪,除了我,便只有她未来的儿媳了。

汤医生说,那下午就住进来吧,还有多少希望,等见到人再说。

没见到病理报告之前,我不愿往坏处想,包括母亲在内的三个医生不过是职业神经过敏,我的晨儿不会有事。

下午,我父母随我一道把晨儿送进医院,床位早已备好,汤医生亲自安排的一个单间。我发现病床的牌子特意被摘掉。很好,我想,等于和外界隔绝了。尽管如此,汤医生仍一脸抱歉地跟母亲解释:"套间已全满,要陪夜的话,就得自己想办法。"汤医生所说的办法,无非就是晚上七点到楼下租一个躺椅来睡。

我让父母先回去,独自留下来陪夜。

次日一早查房,汤医生带来一帮年轻白大褂,他们之间英文交流。我竖起耳朵听,汤医生用字母 CA 替换了 cancer,我悄悄拭去额头冷汗。可即便如此,晨儿的英文何其好,撇开不理解的专业术语,她听懂了严重性。

汤医生带人走后,她问:"讲实话,我的病是不是很严重?"

我说:"你以为呢?不严重需要住院?不严重我爸妈会来看你?忘了告诉你,昨天通知你爸妈了,估计待会儿就到。"

她如今的消瘦,不用刻意睁大眼睛,也是惊恐神态:"啊?那到底是什么病？严重到啥程度？"

节骨眼上，连躲避都是欲盖弥彰，我必须打起精神与她周旋："重度胃溃疡，害怕了吧？严重是严重，不过只要你积极配合治疗，我们就能尽早出院。"这是我人生中最大的谎言，未来几个月我将不断用新的谎言去修饰、加固它。

不多久，她爸妈双双出现在病房门口，紧跟在后面的是我父母。

三天后，当我从华山医院取回病理报告的一刻，犹如宙斯神庙在地震中坍塌，她妈低血糖，更是当场晕厥。

汤医生跟我母亲商量，决定给她做个腹腔镜手术。那是个微创手术，在腹腔打个孔，植入探头观察，据此研究手术的可能性及方案。我没勇气跟她描述这个过程，附有灵性的肉体，怎容得冰冷的金属刺穿它去窥内部，莫说眼见，让她去想都是残忍，只求麻醉能让残忍囫囵过去。

术后两天，汤医生未给晨儿做任何治疗，让我去办出院手续，并告诉我母亲，癌细胞已在病患全身扩散。之所以如此之快，一来是发现得晚，二来因她太年轻，新陈代谢旺盛。她目前已处在晚期末端，搁在任何人身上也无计可施，手术更是没法做了。母亲问汤医生还剩多少时间。汤医生摇摇头，最多还有三个月。

我腿发软，下意识往下坐，却只坐到凳沿，整个身体滑落下去。母亲含泪扶起我："已经是这样，你首先不能垮掉，她现在最需要的人是你，最后一段路要靠你陪她走完，打起精神，要让她走得没有遗憾。"

她被汤医生所代表的最顶尖医学判了死刑,可我不信这就是终点,不禁回想自己跌跌撞撞的成长历程,从小那么顽劣,至今尚且安然无恙,而她是何等乖巧,做错过什么? 我忽而又忆起十六岁暑假那位气功大师的话,人体是宇宙,人对自身的了解不及万分之一。既如此,医生没有盲区? 就能口衔天宪,生杀予夺?

　　听信于汤医生,便是坐以待毙!

　　我把病理报告捃成小四方块圆进内衣口袋,被问起时,我诓她:"那单子谁看得懂? 跟血检差不多,早让汤医生收去了。"

　　出院时,她高兴极了,以为已经治好了。望着那张笑脸楚楚可怜,我心里有个声音:母亲是对的,谁都可以崩溃,我却不能垮! 意念是一种力,只要相信奇迹,奇迹一定会出现,陪在她身边不是为了陪她走完最后一程,而是要力挽狂澜,必须找到办法留住这张笑脸,不惜一切代价。

　　回到家后,她爸郑重问她:"想不想回淮北?"她面露难色摇摇头:"不去了,荣进还要上班呢。"言下之意,除非我能伴她左右,否则哪也不打算去。为这事,她爸私底下对我不掩愠怒:"你当时该表个态的,现在的形势,回淮北对她更好。"我仍不作声。按照她妈的安排,这晚起母陪女睡,我与她爸睡在隔壁,我父母睡小房间。

　　从此,我在网上疯狂搜寻各种医学知识、治疗手段。我很小心,每次都等她睡下后才开电脑,用完及时清理痕迹。手术、化疗、放疗、热疗……都不能做了,这意味着西医的路已走到尽头。我开始寻求中医手段。

我得知一种叫作"灵芝孢子粉"的奇效中药,可抑制癌细胞扩散,进而作用于病灶,即使无法根除肿瘤,也可起到与癌细胞持续抗衡的作用,实现带瘤生存的概率很高。我四处托人,很快找到售卖渠道。我与她爸一道去那家公司咨询,被告知晚期病人需加大剂量。我们买回四大盒,能吃半个月,看效果,随时可能更换或增加新药物。

她很听话,严格按剂量服用,可她的胃口越来越小,吃进吐出,有时会连同药物一道吐出来。我请来社区家庭医生,每天来为她吊点滴。那都是汤医生开的西药,大多是营养液。一个多星期,我观察着她,体温、体重、睡眠时间、精神状态,全都记在本子上。

我像只无头苍蝇,感觉有办不完的事,绝不许自己停下来。晚上搜资料,白天跑各种医疗机构,咨询,本子上记满各种药名,不断形成一个又一个新的备选方案。每天早上出门,我总会跟她打招呼。她见我一如往常拎着公事包,知道我去上班。可她不知,我在跟时间赛跑,那包里全是她的病历、片子、化验单,我要带着它们跑不同的地方,给各种专家过目。

05. 信念是一种力

第八天，她已不能走路。第十天，我发现连背她都困难，后脊腰疼痛难忍，丝毫弯曲不得。坐久了也是如此。这个时候，癌痛已无情降临。次日，我给她换用另一种中药膏剂，用小勺抿给她吃。

此外我还给她买回一架折叠式轮椅，笑着哄她："临时租来让你享受一阵子残疾人待遇，夸张了点，不过总归方便很多。"

她苦笑："也行吧，总比待在医院强，在家至少还能去楼下转转。"

从那天起，我每天都推她从二十八楼下来，在花园里兜几圈。一片蒹葭葳蕤中，她形似枯木落叶。我与她聊天，主要是我在说，不停地说，为了不让她在户外睡着。不过即便给她披很厚的毛毯，仍会动辄感冒,故而逗留不宜久,顶多半个钟头。

　　她喜欢听我讲我外公早年的事,她说从我口中爱上了那个终年穿深色长衫,在外人前不苟言笑的瞿老头。我记忆中的外公始终是这形象,戴一副末代皇帝溥仪那样的正圆形眼镜,手里总提着一柄银制水烟壶。儿时的我喜欢烟壶上垂下的精编穗子。外公爱用银筷子,爱吃蛏子、血淋淋的毛蚶,还有炝蟹。

　　最吸引她的一幕是外公每半个月就会给楼下大厅那座一人多高的落地钟上发条,取出钥匙打开玻璃门,吃力地攀上凳子,那是外公唯一不肯让人代劳的事。那座钟比我母亲的年龄还要大,庄严肃穆地贴立在客厅沙发正对面的墙上,是家中最神圣的存在。它一直被锁着,只有外公有钥匙。

　　听母亲讲,大钟曾被人反复拆过,一度几乎瘫痪,因为它太大,总有人怀疑里面藏着些什么。每晚外公要做的最后一件大事是从怀中摸索出一块镀金朝天摆,与大钟分秒不差地校准,然后他会露出笑,背起我上楼睡觉。

　　外公对钟表异乎寻常的重视,某种意义上讲,可视为对时间的敬畏。与此一致,他也的确是个严格遵守作息时间的人。我却跟她如此解释:那并非刻板的守时,而是在那些漫长凄苦无望的日子里,成了一种见证、守望与期许。我想,晨儿所喜欢的也许并非我记忆中的外公,而是我的此番解读——大钟之于外公。

　　她的痛处总是捉摸不定,没有确切位置,有时甚至是发散性的。每当痛到不行时,我帮她轻轻按摩,多少能有些缓解。有时我不在家,她妈也帮她按,可她却抱怨越按越痛,一定要等我回来让我按。后来她的四肢关节也开始痛,我就动手给她做了四个简易环状热水袋,裹在关节处,竟也有效果。

一个月来的煎熬胜于过往十年。我先后又给她换了三四种药,却只能眼看她日渐凋零。一晚,我跟她爸商量:"算下来一星期换一种药,我们恐怕没多少星期了,得想其他办法。"她爸叹息,转脸看我母亲。

母亲反问我:"那依你的意思呢?"

我很清楚,除了我和躺在隔壁尚不知情的晨儿,这所公寓里其他四人早已不抱希望。可越是在这种气场下,信念越是坚定,我像一颗冷静的钉子,冷静得令我自己都害怕,悲伤在那一瞬间消失,我变得异常乐观。

我说:"癌症也不过就是一种疾病,总有人治得了,就看能不能找对医生找对药。"

她爸说:"问题就在于到哪去找这样的医生和这样的药。"

我说:"刚打听到,青浦一家中医院有个八十多岁的退休老中医,行医六十年,都叫他再世华佗,治好过很多癌症病人,晚期的都有,不过老先生近年来深居简出,立下规矩,每周三上午亲自接诊,要挂专家门诊号,不接受预约,其余时间只能见到他的徒子徒孙,明天周三,我们带晨儿去找他,好吗?"

她爸又转过脸去:"顾医生的意思呢?"

母亲先是惊愕,渐渐开始担忧起来:"这阵子跑东跑西辛苦你了,你自己没事吧?"

我夸张地摇头:"没事!我能有啥事?"

母亲勉强点头:"那今晚都早点睡,明早出发,车子开去青浦也要个把钟头呢。"知子莫若母,这个关头最不忍浇灭我希望之火的人便是母亲,她很清楚,支持我未必能救晨儿,但能救我。也许她早已洞见儿子冷静的外表下暗藏癫狂。

次日晨,我们幸运地挂上了专家号。"老神仙"好一番望闻问切,诊完后胸有成竹,给晨儿开了药。一千元一粒的黑色药丸,早晚各一粒,十五天一个疗程,直接向他身旁的助手付钱拿药。我们先买了一个疗程。依"老神仙"所言,第一疗程便会有明显效果。

临别,我给"老神仙"塞了个红包,仙人没有推却。也正是那坦然从容的微笑令我相信,此人正是我们苦苦找寻的大救星。

"老神仙"没骗人,效果确实有,且立竿见影。她服药第二天便开始吐血。我傻眼了,二话不说,驱车几十公里,死缠徒弟,请师父来问究竟。徒弟为难,只肯将师父家电话给我。

电话里,还没等我把情况说完,"老神仙"开口便问:"是不是吐血了?"

我说:"是啊,正想问,怎么回事?"

"老神仙"大笑:"这就对啦,血只是表象,吐出来的其实是癌组织细胞。"

我一听欣喜若狂,恨不能顺电话线再递去个更大的红包。

这天起,她便无一天不吐血。每吐一回,就有三种滋味死死纠缠我,既心疼,又欣喜,还有些忐忑。我三天两头打电话问"老神仙":"这么个吐法,真吓人,应该不会有事的哦?"其实我不过想从"仙人"口中得到些安慰和鼓励。可后来老人渐渐不接电话了。

自打吐血,她的情绪起伏不定,烦躁不安。

偶尔她会问:"不都出院了吗,这病咋就没完没了了呢?"

我说:"早给你打过预防针,不是小毛病,需要一个过程,有点耐心好吗?"

她神情凝重:"可我在想,与其这样,倒不如回医院算了,还是让汤医生给我治,该开刀就开刀,只要能快点好起来,我一定配合。"

我不得不继续编织谎言:"现在医学发达,肾坏了换肾,肝坏了换肝,连心脏、骨髓都能移植,真到需要开刀的地步,我妈和汤医生都不会心慈手软,但慢性病开刀管啥用,汤医生说了,主要靠调养,配合中药,别操那份心,安心在家给我养着。"

与小敏不同,晨儿是个坚强的女孩,无论所为何事,我从未见她哭过。但在新疗程第六天,她终于哭了,不是因病痛,而是瞥见我白衬衫的袖口、领口很脏。她问我,多久没洗了。我随口说,大概五六天吧。

就为这事,她突然就哭了:"我真没用,废人似的啥也做不了,你堂堂一个副总,在外面要被人家笑死了。"

她当然不知我已多久没去公司。从没见过她的哭相,我心要碎了,脸上却还在傻笑:"洗个衣服多简单啊,往洗衣机里一扔就行了,这么点小事你哭啥呀?"

她仍在呜咽："是简单，可你会吗？"

我说："看下说明书马上会。"

她不哭了，让我推她去卫生间，她要教我怎么用洗衣机。

那机器好几个计时按钮特烦人，我一一记下，复述给她听。接着她又让我围上围裙，她要在轮椅上教我怎么洗菜、烧饭。这一连串反常举动，在当时看来是随机发生，我没往深处联想，只一味顺从。

后来她妈从外面回来，推她回屋，答应代她教我。重返厨房时，她妈双眼红肿。我说："阿姨，当着面一定要控制情绪，憋不住时赶紧跑开，叫我一声就好。"

她妈说："嗯，没让她看见。"

我手里洗着菜："阿姨放心，你们没底我有底，一定能治好，我跟晨儿说好的，等她好转马上把婚结了。"

她妈一脸震惊，转而从我的神色中攫取希望："要是那样就太好了。"言毕向隅而泣。

她越来越瘦，吃不进多少，反而不停吐饭、吐药、吐血。她爸没跟任何人打招呼，把"老神仙"的药给停了。我央求，还剩三天就够一个疗程，要不咱还是吃完吧。

她爸显然已不再相信，摇头哀叹："江湖郎中，十有九骗，要真管用，别说一千一粒，一万一粒咱也吃到倾家荡产，可你也都看到了……"

她的癌痛在加剧，我的按摩术早就难以应对，唯有吗啡，计无复之。后来吗啡越打越频，剂量也日益加大。麻醉剂只能减轻痛苦而治不了病。原本每日定时造访的社区医生，频繁接到我的紧急电话，临时从别家赶来，渐渐也就应付不来了，只有让我母亲代劳。

从医院开出的吗啡不够用，药店又不许卖。母亲与我商量，想回淮北一趟，去自己医院找关系多弄点来。我让母亲教我静脉注射，关照她快去快回。母亲求药缘何舍近求远，个中原委我做儿子的最清楚，假如她连最基本的医德与规矩都未曾教给汤医生，那便不配为人师。

她得知我母亲要回淮北，突然想到了什么，让我把四位长辈全唤到身边。她说："除了我妈，你们都回去，挤在这儿也帮不上忙，等我好一点再通知你们过来看我。"

两位父亲坚决不肯，但见我频频递眼色，便都收声。回到隔壁房间，我劝慰二老，这么多人围着，只能加重她的心理负担，还会起疑心。

但我始料未及，许是抑郁已久，她爸恰在此刻全面爆发，生怕惊动隔壁女儿，重重一掌拍在自己大腿上，压低嗓门，戟指怒目："荣进，我对你算够宽容的了，我可以走，但临走前我要让你明白，你在我女儿身上犯下了两条大错，一是你当初不该撺掇她跟你来上海，二是既然连汤医生都治不了，当时你就该支持我带她回淮北，现在倒好，我这个做父亲的反倒要打道回府！"

此言一出，屋内陷入死寂，无人再敢多吐一字。我心如刀绞，恨不得起身从二十八楼跳下去。为了晨儿我愿鞠躬尽瘁，但凡能容她活在人间，我不惜一切来交换。可话要像她爸这样讲，太伤人，只怕我一肚子苦水要酿成毒液。

我母亲当天动身回淮北,两位父亲第二天也走了。杜冷丁和吗啡无法邮寄,三天后,我母亲背着一只大包独自返沪,没敢进门,打电话支我下楼来取。非常时期,我没有挽留母亲,当晚送她去车站。

候车室里,母亲说:"其实这些远远超出了你的义务,那天她爸当着你爸和我的面讲那些话,妈都替你委屈,但晨儿有多讨人欢喜,处长了就像自家女儿,想想这些,也就算了,我们能做的很有限,她爸的心情应该理解。"

我面无表情:"嗯,理解,气头话我没当真。"其实不当真怎么可能,只不过我认准了一条,晨儿是晨儿,她爸是她爸。

母亲交给我满满五页纸,详细列出每日的护理内容,逐项跟我解释。那上面包含饮食开胃、洗澡、上厕所、坐姿与睡姿,以及遇到各种紧急情况该如何处理。母亲最后交代,遇事要冷静,要坚强,要做好各种心理准备……

我足够坚强,遇事也基本能做到冷静,可心理准备却只有一句话:我是晨儿的靠山,精神支柱,必须支撑下去,一刻也不懈怠,此路不通换另一条,即使全都不通,我还相信奇迹……

可我当时不敢想,这个奇迹很快便降临了。

这一天毫无征兆,她没再吐血,早上喂进的汤药直至晌午也仅哕出小半口,尽管精神萎靡依旧,脸上却愁云消散,瞳眸中明晃晃灵动重现,也很少喊疼。这些细微处唯有我能洞见,但对一个日盼转机夜求奇迹的人来讲,突然变得不确信甚而狐疑:怎么回事?但愿不是假象！

在推她上厕所时，我想做个小试验，让她从轮椅上下来，看能否自己走进卫生间。我说："别怕，我在后面！"她顺从，真的凭己之力站立起来，我双手虚扶她的后腰，一步一步走了进去。我大喜过望，强抑着笑，朝她妈狂眨眼。

我又跟她下跳棋，她仍坐轮椅，我与她隔着茶几坐在沙发上。连腰也可以轻微弯曲了，她缓缓前倾伸手去够棋子。其间我悔棋，她居然还抬手在我举棋不定的手背上拍了一巴掌："落子无悔，不许耍赖！"那个力度，让我欣喜若狂，若能更大力些，我情愿被她拍折，过犹不及。但饭仍吃不进，至多喂她点流质，还得靠输液。

晚上，她说累，早早歇下。我赶忙致电母亲，母亲让我挂断后打给汤医生，我照做。基于一整天的好转迹象，汤医生确信不是回光返照，沉默良久，却不冷不热丢来一句：再看两天。我当下不悦挂了线。眼见为实，我并非夸大，汤医生竟无意祝贺，更是不屑流露半点欣喜。

我在房东留下的观音像前点了炷香，平生头一回跪地叩拜，希望将奇迹坐实。我整晚没睡，想得很远，又搜了一夜癌患案例。她妈五点半起床，开始忙里忙外。我六点钟进房觑了她一眼，在睡。七点钟再看，照旧。八点九点又看，她妈从厨房出来，笑道，由她睡，昨儿一夜特安稳，从没这么安稳过。我这才踏实下来，回房又给菩萨上了炷香。

她是上午十点多醒来的，连她自己都奇怪，为何睡那么早，反而醒那么晚。这天一如昨日般正常，与春争春，充满复苏迹象。傍晚，我心里高兴,下楼买了几罐啤酒打算晚饭时在心里跟自己碰两杯。可一刻钟后回来,客厅地板上多了好大一摊血,触目惊心。我确信那量要比前两日加起来还要多。她背向大门坐在轮椅上一动不动,她妈陪坐在边上,眼睛红肿,呆直地望着女儿……

假象伪装成奇迹的模样,把我从地狱骗上了天堂,然后又一脚把我踹往地下十八层。

某天起,我不能再推她下楼散步,哪怕是一阵微风都能折断这根枯草。吗啡和杜冷丁的作用越来越短暂。我能体会她的痛苦,也能想象她注射后产生的幻觉,但我万万没想到,她虽谵语不绝,却依然能清晰地喊出我的名字。

第一次,她迷迷糊糊地说:"荣进,我们从小路走,要让老师看见。"第二次,她笑:"荣进,你还会来杭州看我吗?"第三次,面壁,她认真地问:"荣进,我们到底什么时候才能结婚?"这一次,我跪在她的轮椅前,再也忍不住泪如雨下,握着她枯瘦如柴的双手说:"快了,快了,马上就结。"

晨儿生日那天,我为她订了蛋糕,上面写她的年龄——26。她许愿吹蜡烛时说,我想永远都26,不再长大。

她也许是"永葆青春"之意,可我却心头一紧,于此敏感阶段,这显然是句很不吉利的话。我说,好了,许愿说出来让人听到,肯定不灵了。她笑笑,没再说什么。

生日过后,她情绪变得不稳定,有时会无缘无故发脾气。她会抓起手边够得着的任何东西往地上摔。其实那已不叫摔,可怜的她连只烟缸都拿不起。但她仍想发泄,用手使力去推、去挪,总归要让烟缸或茶杯落地才算了事。

其实我也烦躁,心里有一锅覆油的沸汤。一天,客厅又是啪的一声,那锅沸汤终于冒烟了,我心里骂:"身子已经这样不争气,还要作天作地!"可当我来到近前怒视她时,却仍有克制:"又摔?!"

相交多年,她头一回听我吼,先是一惊颤,而后眼中噙满泪,垂头不语。我预感这将成为令我愧疚终生的一吼,一刻间软下来,跪在她的轮椅边,柔声细语道:"心里有气就打我几下,咱不摔东西,危险,特别是玻璃玩意儿,好吗?"

正说着话,我的膝盖被玻璃碴割出个口子。她心疼起来:"嗯,有时就是忍不住,以后不了。"

但我后来才发现,她摔东西并不全是发脾气,疼得说不出话需要注射的时候也会摔。这倒提醒了我,不能再阻止她,不过仍要避免摔玻璃。我在客厅她的活动范围内放置了十几只铁皮茶叶盒,既轻巧,声响又大。这样无论我在哪个房间都能听见。

06. 爱到至深不放手

能跑的地方几乎跑遍,渐渐地,我在外面的时间少了。但我每天还是佯装提着公事包出去转一圈再回来,让她以为我还在兼顾公司的事。

一天,她郑重提出请求:"我想过了,我要跟汤医生面谈一下,我想住院,在家肯定治不好。"

这我事先料到了:"好吧,那我马上给汤医生去个电话。"

她说:"不行,电话里讲不清。"

我说:"也对,那我这就去找汤医生。"

她又说:"不!我要去,我要见到汤医生本人,跟他面谈,我想让他看见我现在的样子。"

没想到她如此坚决,那一刻,我怀疑她已经意识到了什么。我和她妈拗不过她,只好答应。我私下给汤医生去了个电话,告知她的近况,还有她的要求。

汤医生自然是懂的:"现在是她决定面对现实的时候了,而你,还坚持要隐瞒下去吗?"

我丝毫没犹豫:"当然!"继而在心里接着道:"当然!你说的现实未必是真相,讲出来比谋杀更残忍,我用我的生命起誓,那种事绝对不会发生。是的,我的晨儿还那么年轻,那样柔弱,即使我最终保护不了她的身体,也要蒙起她的眼睛,保全她的心灵完好如初。这是我爱她的方式,永远不会变。"

次日,我送母女俩去新华医院。刚见面,汤医生的脸上有掩饰不住的震惊。其实但凡曾经见过她的人,此刻再见,都会震惊不已。一米六五的她,今天只有七十三斤,这是出门前得到的最新数据。她无法弯腰,每次扶她上秤,我都会在真实数据后面加上十五斤报给她听。

她问汤医生:"我究竟是什么病?"

汤医生恢复镇定:"慢性胃溃疡,属于重度。"

她又问:"那我还能好起来吗?"

汤医生说:"需要养,但你现在吃不下东西,这得想想办法。"

她追问:"什么办法?"

汤医生沉默了。

她急了："我知道以前是我不好，但不管什么办法，求你快点把我治好，我还有好多事要做，我以后一定好好吃饭，作息规律，不熬夜，天大的事我都不管了，让我做家庭主妇也行。"

我见汤医生面露难色，快要抵挡不住，便假作征询："你看要不要跟其他医生再商量一下？我跟你一道去好了。"

其实，汤医生还需要跟谁商量。

母女俩在办公室坐等，我跟随汤医生一道出门，来到另一间办公室，关起门，汤医生说："发展这么快，超出我预期了，这么下去，只靠营养液和生理盐水，不用等癌细胞夺她的命，她会先被活活饿死。"

听到这话，我当下火了："汤医生，请你说话注意点，你现在只要告诉我，有啥办法让她吃得下东西，而且吃进去的药也不会吐出来，你只要能解决这一条，我和我妈都会感激你一辈子。"

他一脸抱歉："Sorry，你母亲曾是我的导师，我很尊敬她，一直没拿你当外人，讲话随便了，请你原谅。"沉思片刻，他又道："上回腹腔镜已经看得很清楚，贲门位置被恶性肿块堵死，所以食物只能进入食道，进不了胃，这是根本原因。"

我急了："既然原因已经找到，那该怎么办？"

汤医生说："办法倒不是绝对没有，只是需要等，而且很贵……不行，还是行不通。"

我更急了："怎么还没说就行不通呢？究竟是什么办法？要等多久？还有，总花费是多少？"

他缓下来："是这样，理论上我可以申请从美国购买一个支架，然后通过手术把支架安装在贲门位置，把贲门有限扩张，这样确实能改善生存质量，但最快也需要一周时间进货，价格在十万元上下。"

我当即说："好！就这么定了，你马上申请，十万元我出得起。"

他摆摆手："我说了这只是理论上，而且这也不可能成为我的方案，要不是看你急成这样，我也不会告诉你。"

我变成一头满眼血丝的公牛，双角正咄咄抵近那张无辜又无奈的脸："为什么?!"

他轻拍我的肩，叹了口气："你现在的心情我能理解，但你要冷静，我恐怕又要讲你忌讳的话了，先请你原谅。汪晨差不多还有半个月的时间，支架到货都需要一周，我想你是不会忍心让她躺在手术台上挨刀子的，我索性把话讲得更透彻一点，不是进货的问题，也不是钱的问题，而且只要你愿意把她推进手术室，别怀疑，我一定尽全力，但她能不能从手术室出来，我最多只有五成把握，实际上，早在做腹腔镜那会儿，她就已经不适合做任何手术了。"

我仿佛隐约看到了那个终点。我开始后悔，怀疑自己这些日子的所有坚持究竟是对还是错。假如像大家一样早点面对现实，会不会是另一个局面？而我最后又能给晨儿带走点什么？临别，汤医生给了我最后一个劝告：时间不多了，还是尽快面对现实吧，别再折腾了。

从医院归来的路上，晨儿由她妈扶着，坐在后排座。她没睡着，也不再开口讲话，眼睛一刻不停地盯着窗外看。回到小区楼下，我把她扶上轮椅，转去停车。等我回来，母女俩却仍滞留在电梯门前，原来电梯坏了。我怕她在外面待久了会有问题,决定爬楼梯。为了能背她上楼,我给她打了一剂杜冷丁。她妈走在前面上楼开门,我背着她走在后面,正好也想趁她神志不清跟她讲几句真心话。毕竟自她生病以来,我每天都满嘴谎言。

可这回还是她先开了口。她问:"累吗?"

我说:"累啥,你知道你现在有多轻,你要是站得稳,我怀疑你连自己都背得起来,前阵子我还担心,真到结婚那天,我怎么抱得动你哟,现在不愁了。"

她摸摸我的脸:"瞎逞能,汗都出来了。"

我说:"就算不背你,爬楼也不能不出汗啊。"

她笑:"说真的,这阵子真是辛苦你,你对我这么好,下辈子我还嫁给你,不过你看我现在都病成这样了,难看死了,你会嫌弃我吗?"

我说:"傻话,你瘦是瘦了点,还是很好看。"我也腾出一只手摸她的脸:"不怕,一切都会好起来,相信我。"这回我并非又在说谎,直到此刻,我仍未垮掉。

她乖巧地点头:"有你一直陪着我,我啥都不怕。"

能与她有这番对话,我便意识到杜冷丁的麻醉作用正在渐渐失去,故而所谓真心话也就无从说起了。尽管我逼迫自己不去设想没了晨儿我该怎么办,可我还是怕极了,害怕有一天背上这个人再也不能跟我说话,我还怕她越来越轻,最后随风飘走。与恐惧如影随形,另一个念头在我心里迅速滋长、膨胀。

回到家后,我扶她上床躺好,然后把她妈请到隔壁,关上门。我让阿姨在椅子上坐下，我跪了下来："妈。"我改口了。

这异常举动惊得她妈从椅子上弹起来，赶紧扶我起身："孩子，这是怎么了？"

我说："妈，不能再拖了，我要跟晨儿结婚，让爸从淮北把户口簿寄过来，我们先去民政局登记，酒席可以缓一缓。"

老人家涕泗交颐："傻孩子，这个时候可别再提这档子事了，阿姨明白你的心意，但这不是儿戏，你将来的路还很长，我和你叔叔都不会答应，否则这辈子再没脸面见你爹娘了，倒是我呀，这阵子一直心里过意不去，虽说你和我家晨儿早就在一起了，可毕竟她是没过门的媳妇，这一病，给你们全家添了恁多麻烦……"

我说："妈，快别说这些，没过门的媳妇也是媳妇，她早就是我家人了，她的事就是我们两家的事，全是分内，去海南那会儿，晨儿已经答应我的求婚，这个婚必须结，你就成全我们吧。"

她妈直摇头："不成！不成！我不能答应，况且晨儿都这样了，何必再折腾这么一回，你能像现在这样一直陪着她，已经是这孩子最大的福分了。"

我没想到，连她妈也觉得我所做的一切是在折腾。我低下头，沉默良久，终于说："可我想来想去，也只有这一件事能让晨儿临走前最后再高兴一下。"

听闻此言，老人家再也忍不住，紧握我的手，失声痛哭。

近日高温无风，她仍念念不忘楼下花园，怕她体温散失太快，我给她罩上一次性雨衣，才敢推她出门。她要听我讲小敏的事，那个从未谋面的女孩。记忆遥远,我的讲述毫无章法。

第一天讲,儿时,我误吞了泡泡糖,小敏大哭:"怎么办呀荣进?你活不成了呀!"而后止住哭,弱小的她一把将我的头摁低,食指伸进我的喉咙去抠,我干哕却吐不出东西。她坐地大哭,然后又止住,效仿孙大圣原地给我画了个结界,命我立定不动,她跑去找她母亲来救我。

第二天讲,在二号病(副霍乱)肆虐的日子,我与一个小子斗胆量,看谁不惧死人,不料被那小子反锁进太平间,小敏被吓得大哭,却紧闭双眼摸到门边,为我解开铁丝。

第三天讲,伟人逝世那天,我和小敏在上海,穿堂过弄与邻家孩子嬉闹。这时外公红着眼冲过来,扭起我的耳朵往家拖,口中吼道:"叫你不哭!叫你再笑!"大了我才明白,所有人都在哭,我是不可以笑的,即使是不懂事的孩子,表情也要服从领导,那是个强大磁场,人人都是微不足道的铁屑。那天小敏一直追随我到家,没哭,跟我并排坐在楼梯上,帮我揉耳朵:"大人不开心的时候总是凶巴巴的样子,我们就当让让他们好了。"

听了故事,晨儿说她爱小敏。我想,只要与我有关的人,她都会轻易爱上。

这天夜里,她突然出现缺氧症状,喘不上气。我连夜带她去挂急诊。她妈慌乱间给爱人报了讯。她爸在淮北实在待不住,连夜赶来,见面时,老人家已是两鬓霜,一扫先前阴影,紧握我的手说:"辛苦你了。"

吸了氧,她缓过来。这晚起,她便再也离不开氧气袋,全家人日夜轮流守护。她爸这次来沪便再也不肯走了。

当她直愣愣瞪着我喊"妈"的那天我才发现,即使没打麻醉,如今她也会间歇性意识恍惚。三天后晚间,她跟大家提了个请求,想回淮北,见见老朋友和老同学。

我说:"还是等你病好了再说。"

她说:"不,这件事你们一定要依我。"

我又说:"那要不你列个名单,我让她们来上海看你。"

她异常坚决:"不行,我等不了了。"

我只当她是在说"等不及了"。她爸答应了:"也好,明天一早我去买票。"我隐约意识到,这也许是她最后一次出门了。当晚,她妈来唤我,说晨儿今晚想跟我睡。

这一晚没有交谈,她把头枕在我的胸口,静静地数我的心跳。黑暗静默的房间,听得见血液在流淌。胸口是那张滚烫的脸,提醒我,晨儿仍活生生地存在于我的世界。我与晨儿相恋十一年,认识那年,我十七岁,她十五岁。我的晨儿不曾享有过为人妻为人母的幸福,我们什么都没有,就连头顶这片屋檐也是房东的,我们只有彼此。多希望这一瞬能够无限延续至永恒。

一个倔强的声音重返我的胸腔:老师拆不散,父母阻不断,谣言摧不毁,远隔千里、漫长等待,我们仍能心灵相通,是信念使我们终于在一起,所以我他妈压根就不信,如今还有什么力量能把我们分开!

一早醒来,枕边的她正专注地凝视我,嘴角似有笑意,仿佛正在心里画我。柔和的朝阳斜洒在她的脸颊上,使她面色看起来并不似往常那么惨白。

等她妈买回早点,我便出门去买氧气袋。这是专门备在火车上用的,淮北那头,我母亲已备足数量以待接力。等我从外面回来,她爸还在外面,她也不在客厅,她妈正在厨房准备我们的中饭。客厅的中央摆放着昨晚整理好的几大件行李,我打算放下氧气袋,看她一眼,再马不停蹄去车站把行李托运给办了。我轻轻推开房门,惊讶地发现,她既不在床上,也没坐在轮椅里,而是坐在了梳妆台前。

天哪!她正对着镜子仔细地梳头。她把自己梳理得冰清玉洁。五月天,她穿上旧年最爱的连衣裙。尽管形销骨立,那一刻的她却光彩照人。她正转脸朝我笑,笑得那样甜,令我瞬间穿越回到学生时代,仿佛在考场里第一次与她相遇。

天哪!我永远也忘不了她那满目崇拜的眼神,那个酷爱画画的乖乖女,往我嘴里强塞臭干的小调皮,情窦初开却只会扔纸团诉衷肠的娇羞姑娘,校园里当众吻我的疯狂女生,那个为了追梦与父母据理力争的白领丽人,那夜西子湖畔的烟雨小楼,月光下的风情万种,还有那张与苗家篝火一样欢腾的青春面容……

天哪!我从未见识过所谓的回光返照,以为她马上就要回故乡见同学和朋友了,定要把自己打扮得漂漂亮亮才肯回去见人。横在梳妆台上的指甲剪在说,她甚至把手指甲都剪好了,真不知她是怎么办到的。桌上除了指甲剪,还有我在苗寨向她求婚临时买给她的那枚银戒指。

天哪！这一切,是奇迹吗？我还能再次相信吗？

　　她招手让我进屋。我从床尾扯来毛毯为她披上,在她身边蹲下。

　　她把那枚银戒指交给我:"我都想好了,这次回去之后就再也不来上海了,你也别再来找我,这个戒指还给你,小气鬼,没诚意,连求婚都那么抠门,买一只银戒指来哄我,我想我是不会嫁给你了。"

　　我抬头望她,她的眼瞳里似有笑意:"是在开玩笑,对吗？晨儿。"

　　她把我的头轻轻揽进怀里:"你说呢？傻瓜,当然是玩笑。"

　　贴近她的胸口,我的脸甚至能触到她的胸骨,可那依然是蕴藏着无尽温暖的港湾。当我再次抱住这单薄的身体,那体温所传递的力量,在我胸中荡起一股热流。我从未亲口告诉过她,我爱她,即使是在苗寨向她求婚的那晚。我怕以后再也没机会说。

　　终于直起身,我在她耳边轻声说:"我爱你。"

　　她的臂弯在颤抖,把我搂得更紧,仿佛已用尽全身气力。她轻拍我的背:"这么多年了,还是第一次听你说这三个字,我也爱你,亲爱的。"

　　我接着说:"嗯,那我假如有什么对不住你的地方,看在这三个字的分上,全都原谅我,好吗？"

　　可她接下来的话却让我的心狂跳不止。"好,全都原谅你,其实我知道你们合起来瞒我,但我一直都不怪你。"

　　我不敢正过脸来看她的眼睛:"又在说傻话。"

　　她说:"其实住院查房那次,汤医生说 CA 的时候我就已经猜到了,但你们为我做的一切让我感到很幸福。"

我信誓旦旦:"晨儿,你真的没事,相信我,假如我对你隐瞒病情,我出门就被车撞死。"

她已经来不及捂我的嘴,只能轻捶我的背:"呸呸呸,你发的誓不作数,我知道,我都知道,有你在,我一直都很安心,很快乐,我只是太虚弱,也太累了,很多事情我有心却做不到了,相信你都会代替我去做的,对吗?"

"嗯,我一向都听你的,愿意为你做任何事,可是,有什么事是你做不到的呢?"

"我走了之后,一切全靠你了,你要代替我给你自己洗衣服、烧饭吃,照顾好自己,把日子过得利利索索。另外,太远的事我也想不到,只求你一件,虽然你回了上海,但在你有空的时候,常去淮北看看我爸妈,好吗?"

"我不许你再讲这些疯话,"我知道她讲的不是疯话,"我有办法的!我发誓一定让你没事!相信我!"我也知道,从头到尾真正疯掉的只有我的心。

她笑了:"我相信你,这辈子我最相信的人就是你,我们好不容易才在一起……"忽而又起了哭腔:"我也不想死,我真的舍不得再和你分开……"她已失去说话的力气,脸煞白,无一丝血色,慢慢朝后仰去。

我赶紧抱她上床,她妈正好赶来,看到此情此景,反倒出奇地镇定,那是大考真正降临时才有的镇定:"要抓紧时间了,别等她爸回来,你现在就去车站办托运,快去快回。"

走到门口我回望，发现老人家正目送我，不忘补上一句："辛苦你了。"

电梯又坏了，我只好提着几大件行李下楼梯。

我开车走龙华路，未到宛平南路，被堵住。

铃响，是她妈从家里打来的，晨儿快不行了，她已打了120。

我被夹在车流中动弹不得，情急之下弃车掉头狂奔。

当我终于爬上二十八楼，她体温尚在，却已没了气息。

她爸仍未归来，她妈已是呼天抢地。

120急救车来电，就连他们也被堵在路上。

我脑子一片空白，但没犹豫，背起晨儿就往外跑，从二十八楼跑下来，直奔最近的区中心医院。我没命地跑，只有一个念头：我不能失去这个人，她必须给我活过来！我一边狂奔，一边跟背上的人说话："晨儿，别睡着了，再坚持一会儿，马上就到了，到医院咱们就有办法了。"晨儿不理我。我接着说："这次我答应你，从医院回来我们马上去办手续，结婚！租房也结，晨儿，高兴吗？你不是一直都盼着这一天吗？我们就要结婚啦，晨儿！"

到了医院，晨儿的瞳孔已放大。

医生在走廊上给她打了肾上腺素，没反应。

电击，也不管用。

我趴在她的耳朵上小声说："晨儿乖，你配合一下啊，只要你配合，我们就能出院，你要什么我都给你，什么都行。"直到这时，我还在死守着谎言，一个用来哄她，也用来麻醉自己的谎言。

我猛举头,跟医生说:"再来!"

医生再试,晨儿还是没有任何反应。

旁边的护士已经开始记录死亡时间了。

这下我急了,吼道:"愣着干吗? 再来啊! 都别停!"

医生说:"非常抱歉,我们已经尽力了。"

我感觉胸腔即将爆裂,朝那医生咆哮:"你是什么狗屁医生,一条人命,这可是一条人命啊! 一句尽力就完事了? 你倒是给我接着救啊!"我已失去理智。

医生的脸色非常难看,直摇头:"真的已经无能为力了,你不能不相信医学。"

"你放屁! 什么医学? 我妈就是医生,我还不比你懂?"我终于彻底崩溃,扑上去抢医生手中的除颤器,"多电几下又能费你几度电? 你让开,我自己来!"

我记不清那天的自己有多疯狂,我只记得在我生命中曾有那样一个天崩地裂的悲绝时刻。我如一头困兽,遍体鳞伤,却做着垂死挣扎,要与所有阻挠我的人以命相搏。我只认准一条,晨儿是我的,只有我离开她才活不成,所以全天下也只有我才会紧张她的死活,其他人全是在敷衍了事。

在急诊室的走廊上,我终于被三名保安联手制服。我满脸是血,被死死地摁在长椅上动弹不得,直到那时我才意识到,我已经永远失去晨儿了。她竟连句"再见"都不跟我说就走了。缓缓地,我紧握着的双拳渐渐松开……

早该准备好的,终有这样的时刻,我不得不放手,那不是再见,而叫永别。正如汤医生的预言,晨儿最后是被饿死的。我恨透了这个预言。她妈后来告诉我,晨儿临走前突然失明了,就发生在我出门不久。当时她瞪大惊恐的双眼,留下了最后一句话:"妈,大白天为啥关灯?什么也看不见呀……妈,我好害怕,快让荣进回来吧,我去不成淮北了。"

07. "敌敌棍"下涅槃重生

钟艳早已泣不成声,起身站到我面前,伸手来摸我的脸,我没有抗拒,继而她又张开双臂来拥抱我。她站着,我坐着,就那样抱了个尴尬的满怀。

我说:"我不悔当初带她走上返城路,更不为无底洞样的谎言而羞愧。"

钟艳哽咽:"你父母该为有你这样的儿子而感到骄傲,都过去了,甭再难过。"

其实哪有那么容易过去,人在最悲绝的时刻,实际上也与死神为邻,越过它便是重生,向死而生。那是我人生中最难熬的一段时光,几乎只剩下半条命，另外半条已被晨儿带走。

尽管我一蹶不振，颓废以至放浪形骸，但有个原则始终恪守：绝不碰晨儿留下的那包杜冷丁和吗啡。当时这些不能随行李托运，我单独装进旅行包，以备火车上随时取用。后来母亲忘记了此事，全留我那儿了。我是如此需要麻醉自己，且懂注射，但我坚守的理由却又那样天真可笑。我想，这些东西是母亲费力弄来给晨儿用的，我宁愿让酒精把肠胃烧烂，也一支都不能动，万一晨儿以后还用得着……

在公司，我不会把伤感写进愁容。最初那段时间，我外表看起来没有太大变化。这当然都是伪装——都市人基本生存技能。要管理公司内务与人员，我先得必备管理自身喜怒哀乐的本领。但我整个人变得木讷、迟钝，开着董事会都会走神。

我的老板是香港人，与晨儿一样为人和善，曾代表公司出席晨儿的追悼会，送了花圈与慰问金。老板曾单独约我出去喝茶，无责难之意，反而一再安慰。可我心有愧疚，没等他找我谈，先一步递交辞呈。那天他握着我的手说："你我相处不过半年，对了解一个人的秉性远远不够，但你在这时提出辞职，你这个朋友值得交。"我则自责，苗而不秀，早在三个月前就该提出。

公司派给我的车弄丢了，行政部的人跑遍交警大队和事故处理中心都没查到任何线索，晨儿的几大件行李也随之不见。保险公司赔了钱，我个人也象征性垫上些，跟公司就算是清了。临别之际，老板又特批给我一笔至今早已忘记了名目的钱。我在心里说："一壶茶一句话一笔钱，恩我者，当结草衔环，报之有日。不过，这些较之丧妻之痛,鸡虫得失而已。"

辞职后,我彻底撕下面具,不必人前苦苦伪装,终可肆意作践自己。我花着积蓄,如行尸走肉般四处游走,没有方向。我不再注意个人形象,偶尔会醉倒在别人家的门口,也没少醉倒在酒吧,但遇到熟人被带回家,还就只有钟艳这一回。我相信,倘若晨儿能看见现在的我,定会心痛不已。

我几乎每天都要往晨儿在港期间的邮箱发邮件,只为得到一个自动回复。那条回复中有她的英文签名,仿佛这也算是一种沟通,也能令我得到些许安慰。我有种幻觉,现实世界中失去她,仍能在虚拟世界里与她保持联络。可半年后我再也收不到晨儿的自动回复了,估计是邮箱满了。

那天我发疯似的摔东西,想象晨儿癌痛中渴求的发泄,我把屋里所有摔得烂的东西全都摔了一遍,连我拜过的那尊菩萨也没放过,然后在满屋碎片中昏睡一天一夜。但我仍未放弃寻找能与她取得联系的神秘途径。有阵子我在网上搜索一切与"通灵术"有关的信息。我也并非空穴来风,之所以连如此荒唐的手段都想得出,与发生在那段时间的三件事有关。

一天,我一觉醒来,恍惚间听到客厅里晨儿的声音。她说:"懒虫快起床,带我下楼去买早点,我今天要去面试。"那声音如此真切,我赶紧爬起来去客厅看,却不见人影。这些年来,数来数去,我也只为晨儿做过买早点这一件事。这与梦境大不同,即便在她走之前,也从未跟我提过与面试有关的情节。于是,那天早上我出门买了两份早点。

还有一天晚上,我怎么都找不见身份证,然后就睡下了。在梦里我脱口而出:"晨儿,你看见我身份证放哪儿了?"晨儿没露面,在别的房间随口回我:"记得你上次换钱包的时候没把身份证取出来,你到衣柜抽屉里看看,那只旧钱包还在不在?"这一次我当场惊醒,先去隔壁找晨儿,然后转回来拉开衣柜抽屉,果然,身份证就在那只旧钱包里。

最后一次,还是梦中。我梦见了晨儿离开的那天,护士带我走了医院里的一条没有过往行人的通道,那条道通往太平间。当我们到了那儿,我发现如今的太平间跟我儿时所见淮北医院的大为不同,有了冷藏库,一格一格的箱屉。我的晨儿也不例外,被装进了箱屉。我跟那护士说,这样会受凉的呀。那护士根本不睬我,撵我出门去。然后我就回家了。到了半夜,我左思右想不对劲,不能让晨儿待在那儿,于是就乘着夜色潜回医院,进了太平间。当我拉开箱屉的时候,晨儿醒了,坐起来跟我说话:"你来这儿干吗?"我问:"晨儿,你睡在这儿冷不冷啊?"晨儿抱起膀子:"你说呢? 能不冷吗?"我拉起她冰凉的手:"走,我们回家睡去。"晨儿挣脱:"不行的,我不能跟你回家,你忘记了? 我已经不在了。"

就这么三件事,一次醒着,两次在梦中。但说到底我也明白,"通灵术"这玩意儿实在不靠谱。结果也是可想而知,除了多认识两三个骗子和损失金钱之外,我一无所获。

尽管日子依然颓废,但我正努力适应没有晨儿的日常种种。我在心里一遍遍念叨起晨儿临走前的嘱咐。偶尔,我也会强作精神,去做一些晨儿看见了兴许会喜欢的事。后来我生活里多了件看似有意义的事,阅读《金刚经》,口诵心惟,含英咀华,顷刻入眠,至少也有催眠功效。

不知是否《金刚经》的作用,一晚我梦见自己站在一个空旷的寺院里,茫然四顾,忽而眼前华光一闪,令我看见从未领略过的美好事物。从这个梦中,我以为得到了某种启示,当即去了趟寒山寺。

在寺内,我一时走神,误入了后院,正被寺中一位高僧撞见。当然,是不是高僧,我主要看气质。不知何故,高僧说与我有缘,将我请至禅房,当着我的面为我刚刚求得的一串紫檀念珠持印诵咒。

过后高僧笑问:"施主可有烦恼?"

我犹豫了一下,反问:"都是凡尘中的事,方便说吗?"

高僧再笑:"一切烦恼皆来自凡尘,不妨一说。"

于是我讲了我与晨儿的事。高僧听后点头,突然开口说起了大白话:"你心里啊,就把那个人当作是一位同行的旅伴,她到站下车了,而你还得往前赶路,比她多走一段,又有什么不好?冥冥中自有定数,不必勉强,你们只是暂时的分离,将来你也有下车的一天,红尘之外说不定就能遇见,这样虽然仍不得解脱,你心里却会好过一些,不过说到底,人生苦海,不必执迷。"

高僧并没有讲出什么令我醍醐灌顶的大道理,而且话中的"定数"也明明不在佛法之内,佛法无定数,讲的是"缘起性空,性空幻有"。可我却懂,高僧不过是给我打了个通俗的比方,让我明白生命的本质,以及情爱的真相:一念起,天涯咫尺;一念灭,咫尺天涯。甚至暗示我可以换种方式来做了断。

我点头谢过,却仍心有不甘:"大师说得对,可我心里还是有遗憾。"

高僧问:"那又是什么遗憾呢?"

我说:"最大的遗憾是我没能与她结为夫妻,白头偕老,一生一世。"

高僧又笑,这第三笑意味深长。"真的没有吗?"是反问。

那一刻我恍然大悟。什么叫夫妻?非得手握婚纸才算得?什么叫一生一世?十一年恩爱,雨偧风俭,对晨儿来说已是一生一世。

当然,这所有一切都发生在遇见钟艳之前。

我在钟艳的豪宅里整整待了一个昼夜。那晚她留我吃饭,我却起身跟她告辞。钟艳送我到门口,问我:"又要提你当年那张纸条了,还记得吗?"

我说:"当然。"

她笑:"你说你唯一的特异功能就是睡觉打呼能把自己吵醒?"

我说:"真没骗你,当年我妈说,我打起呼来整间屋子就像一节火车车厢。"

她神秘地凑近:"嗯,昨晚我领教了,这么多年过去了,你妈一定还不晓得,你的呼噜已上升到一个新高度,那简直是摧枯拉朽啊,我怀疑你的呼噜能用来发电。"

终于,几个月来我头一回放声大笑:"那可真够节能环保的了。"

我聊以解嘲。

钟艳又问："以后你还会来看我吗？"

我说："也许吧，等我好了再来。"言毕握拳捶心，她会意。可我心里却把后半句讲了个完整：也许要等到来生。

辗转，难眠，斗志于九霄之外盘旋，值此动情的一念，生死遥望唯寄思念。指尖，和弦，单衣抚琴望天，何来子期耳相伴，天涯路遥各走一半。

尽管小敏除了那封寄错了的信之外，无从了解我与晨儿后来的事，但她早在晨儿离开后不久就得知了消息。她给我来过几次电话，都是非常简短的交谈。每次她都掐准时差来电，却料不到我每次都躺在宿醉里。

后来小敏实在忍无可忍。她说："我不懂要怎样安慰你，伤心人你最大，不过既然你不能接受现实，不妨也虚幻地想一想，晨儿真的每天都在看着你，她会怎么想？"

我是我这代人中稀有的独生子，我从小对兄妹的认知，就是我与小敏那样的关系。

人们对大地震的恐惧直到1978年底才渐渐消散。那几年间，上海支内家庭的小孩大多生活在动荡之中，经常要往返沪淮两地避风头。人们弃楼住进防震棚，每家每户都养鸡，倒不全是为了下蛋吃肉，而是既然地震局的功能只剩下灾损统计和赈济，那民间也只能依赖最原始的地震仪。

每每地上见不到一只鸡，全飞上防震棚顶时，我就知道又到了父母帮我收拾行李的时候,我将要和小敏一起回上海。那时的记忆混乱,"棕绑修伐"和"锵刀磨剪子"交错混杂,在我耳边此起彼伏。但每一个片段小敏都未缺席。

到了中学,每回球赛,看台上都有她的身影。为了帮我买回心仪的足球鞋,她偷出自家的粮票,大冬天陪我和粮票贩子讨价还价。每次打完架,都是她一边哭,一边骂,一边帮我洗伤口,过后还不得不助我逃避校方追查……

世纪之交,小敏回上海探亲,约过我。我们相看无语,那时我已变得沉默寡言。小敏临走前提出要跟我再谈一次。这次见面定在我家。

那天我提前敞开大门,一身睡衣,窝在客厅的沙发里迎接小敏的到来。当她出现在我面前时,我万万没想到她手里竟拎着一件那样眼熟的东西。那是我中学打架受伤后被她没收的"敌敌棍"。

小敏不坐,站着说:"还记得这根烧火棍吗?"

我说:"这都多少年了,你怎么还留着它呢?"

小敏说:"与你有关的东西我一样也没丢,这是我前几年回淮北时特意带来上海的,就寄放在外婆家,今天我特意拿来还给你。"

我问:"然后呢?"

小敏一脸冷漠:"没有然后了,我明天的飞机回美国。"

我不解:"不是要谈谈的吗?怎么就没有然后了呢?"

小敏说:"没用的,谈再多也没用,我很清楚,你之所以不拒绝见我,还想听我跟你谈,完全是因为你需要安慰,你觉得我一定会安慰你，每次你都觉得我会像个大姐姐一样安慰你，从小到大，你在父母面前都不敢作，唯独就敢作我，我说错了没？"

我被点中死穴，下意识坐直身体。

小敏接着道："我今天把这根棍子还给你，是想让你回忆一下自己的青春，那时的你，虽然是个祸害，但血气方刚，浑身有使不完的力气，被人打成一个血包，也没害怕过，咬着牙不喊痛，都忘了吗？荣进，你也曾经坚强过，勇敢过的呀。"

我叹："'衰兰送客咸阳道，天若有情天亦老'，这话懂么？"

小敏说："怎会不懂？你对晨儿的感情有多深，我全明白，当年你把写给她的信寄到我学校，看完我就哭了，我那是被感动了，我不敢相信那些文字是你写的，但是荣进，晨儿现在已经不在了，你必须接受现实，必须从今天起就给我振作起来！否则你就是最对不起晨儿的那个人。"

话音刚落，小敏举起棍子不由分说朝我打来，我左躲右闪，那棍子还是如雨点般落在我的肩上、背上、腿上……我只是下意识地躲，既不喊疼，也不求饶，心里反而在喊：打得对！痛快！打死活该！

后来小敏打累了，慢慢蹲下身，嘤嘤抽泣。直到这时，早年熟悉的小敏才算是元神归位。我走到她跟前，也蹲下来，紧紧搂住她的肩："小敏，谢谢你从美国大老远跑来打我，你把我打醒了，我明天送你去机场，你安心回，等我去美国看你的时候，重新做回原来的我，好吗？"

小敏呜咽："甭再给自己找借口，甭再等到以后什么时候，就从今天,就是现在,我跟你一起做,先收拾这乱糟糟的屋子,然后我陪你去买菜,晚餐你就在自己家里请我吃,好吗?"

我认真朝她点头。

再一次,友情的力量把我从万劫不复的渊底拖了出来,一团烈焰在我胸中熊熊燃起。是死亡赋予生命意义,让人感知生的短暂。我从另一个角度窥见了一个不堪的自己,一个小敏眼中怒其不争的人,一个蜷缩在阴暗角落里顾影自怜的胆小鬼。在那爱情之外,我再次看见友情的美好,看见小敏仍像儿时那样紧张我。我还看见了生活的完整价值。

失之东隅,收之桑榆;东隅已逝,桑榆未晚。

小敏回到美国,与 Tom 商量后给我发了封 e-mail,建议我去美国读一个学位,为此她愿提供全方位的帮助。她说,这样能让我暂别伤心地,换个新环境就有不同心境,且有所学。

但考虑再三,我只采纳了她建议的前半部分——读书,却无意选择去美国。

两个月后,我在晨儿待过的楼下花园致电小敏,告诉她我最终决定要去的是荷兰。我给她的理由很俏皮,美国有啥好,连太阳都是我们昨天用过的。

从我口中再次听见玩笑,小敏总归是开心的,当下不甘示弱:"呵呵,这么说来,欧洲不也一样?"

天高云淡,暖风和煦,兴之所至,我俯身摘得一朵寻常太阳花,迎向朝阳,引颈深嗅,不禁沉吟:阑风长雨后,轻尘栖弱草,唯愿余生,唱尽沧桑声嘶处,撷一朵野花自珍。

　　笼屋的窗台边,她说:"我老公很小的时候就离开上海,现在返城,加上我,也全是没有根基的浮萍,上海那么大,样样贵,我熬到今天,不是名校生混惨了输不起面子,而是和他一样,为了我们的将来。"她的眸中升起一轮红日:"就是现在了,他在等我,小兰姐,我要回去了,去上海,为我高兴吗?"她的脚边是一只立起的红色旅行箱。

　　小兰含泪抱紧她:"嗯,祝你幸福!"

　　多年以后,小兰来上海找过她,从此成了我的好朋友。

　　生活依然在继续。

　　到荷兰后,我认识了一位同学,大我三岁的法国女孩,她的名字叫 Karine。她是我无龄感信仰的精神导师,是她和她的家族教会我,如何用爱谱写一生。她几乎跟我讲了她的一切,而我却没跟她提过晨儿。不是刻意要隐瞒,而是那时我还没有今天的勇气。

　　在晨儿离开的十八个年头里,我从来都缺乏这种勇气,害怕把自己再次拖回那地狱般的十九个月。与晨儿相处的最后三个月,仿佛是生命的浓缩,尽管什么都来不及,回想起来却如同三年。可三年又怎么够,无论怎样煎熬,我也宁愿它是三十年。我想给她的,远不止殡仪馆里那最后一吻;我所能拥有的,远不止挠着观察室小窗撕心裂肺,眼见炉内最后一团火焰熄灭;我对她的思念,也远不止每年的那天烧去一封当年写给她的书信。

我曾以为人类无所不能,人都能胜天了,何况是疾病?可死神并不会对年轻人更加怜惜与宽容,他未必严格遵循年龄刻度来访。健康固然重要,问题是我们掌握健康的能力与办法太弱太少,远不足以阻止疾病的来访。生命长度不由人,只能拓展其宽度、挖掘其深度。到最后真令人遗憾的恐怕不是每天超标摄入卡路里,没吃某种补品,或某天没去健身房,而是在已有里程中,遵从心意少,遂愿更少,太多的梦想不是没时间而是没勇气去实现,或是拖延到再也无法实现。

我对未知领域一贯怀抱敬畏,但也曾一度放弃了怀疑。是人类的认知缺陷最终将大卫·休谟引入了不可知论的怀疑主义,从而探寻到一切科学的根基——人性。而叔本华则由悲观主义导向怀疑主义者,从认识论到意志的本质,他揭示的似乎是他自己的人生。我曾那样迷信"奇迹",但后来我才想明白,没有怀疑的敬畏过于天真。

信与疑,热与冷,人的一生总在对同一事物的认知上左右摇摆,莫衷一是,转变往往只在一念之间。自我推翻、交叠覆盖,直至承认宇宙无序,生命无解。但这恰恰又是人生最大的魅力所在。其实,一个人的成熟标志,不是看他何时通世故,何时形成自我修复体系,何时领悟爱,何时懂得孝,何时达到事业巅峰,何时成为百科全书……而是看他何时能正视死亡这一残酷命题,这是穷尽思维。

一旦洞见生命之重,人便成熟了,遵从内心,不计或少计得失,年龄刻度也随之失去意义,变得就像试图去称地球自身重量一样无聊。但参透生死不会让我看破红尘,遁入空门,也绝不安于岁月静好混吃,现世安稳等死,只会令我更加饶有兴致地在人生苦海中苦中作乐。

晨儿的勇敢也并非不害怕,而是能凭借勇气战胜恐惧。得知生命的真相后还能坦然地活,哪怕仅剩最后一天,也要优雅地谢幕,微笑着离去。多年以后回望那场爱与死神的决战,我们没有屈膝,便已是胜者,身体可以被带走,爱却不能。她深爱的人曾与她并肩作战,她可以含笑九泉。同时她也该欣慰,如今的我重获挚爱——小勇,以及我从未失去过的生命中的永恒存在——小敏。她们爱我如夫,依我如父,怜我如子,尊我如兄,宠我如弟。

但晨儿给我的爱其实也伴随着副产品——依赖。这是人类通病,有情感必有依赖。人们总是在爱上一个人后努力学习做他(她)身边的一只笨鸟,可当有一天失去他(她)时才悲哀地发现,需要重新学习飞翔。

人生难得举重若轻。把磨难看重了,它就变成了灾难;看轻了,它不过就是人生乐章中悲伤的一页。年龄也是一样。看重了,它必定催人老,身不老,心先老,二十多岁可以变成衣着时尚的老人;看轻它,身老心不老,八十多岁依然是光彩照人的年轻人。

我与钟艳那次一别就是十一年。我在荷兰期间曾与她通过一阵子电邮,她告诉我,老郑走后她爱上过一位沙特富商。但后来因为文化差异太大,实在忍不了那些个防不胜防的繁文缛节,分手了。

我倒是了解的。当时我有个哥们在中国驻卡塔尔大使馆当厨师,见过那个国家很多高层人物,遇到过相同的麻烦。尽管阿拉伯人愿意适应全球通行的握手礼,但哪怕是与某位酋长的随从握手也得留神。他们认为左手是不干净的，而且只许他放开你的手，不许你先抽手，那样竟会令他们不悦。一个随从尚且如此，王公贵族、达官显赫就更不用说了。

阿拉伯人对女性的礼仪要求更为严苛，就连穿着露臂的短袖 T 恤都是不被允许的。这些对于钟艳这样的现代东方女性来说很难适应。

我回国后虽然再也没有去过她家，可 2009 年底，我在飞往墨尔本的飞机上与她再次巧遇，可真是有缘。三十九岁的钟艳，依然拥有着天妒的不老容颜。她风姿绰约，举手投足间比当年更添了几分雍容华贵。她问我如今是否还单身。我说是。问她呢，说她现在和一位金融巨头在一起。

那是一位混迹华尔街从事对冲基金的 ABC，比她小两岁，是个高富帅。她对新男友的描述很浮夸："一个眼神就是几十亿，一个倦容就能让无数姑娘为他心碎。"她总能混在精英圈里，也总能游刃有余，这我倒并不奇怪。

飞机上我们交换了手机号码。她说，这次回上海后一定要常联系。我说，那当然。可回来后我换了号码，再也没和她联系过。

Part three
此生若能重逢，愿你还是五龄童

大自然是由无数不可捉摸、不可预测的偶然共同构成的必然，这个必然就是规律，一个周而复始的无龄感体系。我们也许打不破也逃不出必然，但我们可以尽情享用个体的偶然。关键，勇气之外，看我们有没有那份耐心为之守候。生活中那些美好的东西往往并非立等可取，有时需要等待。有时，那种等待是以一生为单位的。

Introduction

在遇见晨儿之前,我不懂什么是爱情;在遇见 Karine 之前,我看不清爱情的各种可能性。当我失去了一切可能性,回到原地时,我不禁回望此生来路,发现那颗爱的种子原来如此久远地存在着,如同来自赫拉神庙的火种。

即使没有那个半真半假的娃娃亲,即使我们那时啥也不懂,可我确信与黛西是相爱的,我们之间的爱从未长大过。可世间所谓成熟的爱也是一把双刃剑,不是么? 一旦成熟了,便有所保留,不够爱了。成熟是理性的,它懂得防御戒备、权衡利弊、计算得失。而爱是情感,它是抽象的,感性的,时刻流动着的。

01. 不穿鞋子的小孩不许出门

　　那年夏,史上最炎热的一天。热浪翻滚,万物焦灼,未烹自熟。到了夜间,忽又狂风大作,雷电交加。我的母亲,在自己的工作单位闸北产院诞下了 2250 克(四斤半)的我。想是被那雷公摄住,抑或气力不足,我没有啼哭。能够存活下来,在当时来讲算得上是一个小小的奇迹。所以,天可怜见,我对世界满怀感恩,从不敢奢求太多。三盅足矣,一盅清茶、一盅浊酒、一盅薄粥。

　　三十二年后,我在马斯垂克机场与 Karine 道别,那是长达半个钟头分分合合的吻别。尽管我不说,但那一刻我不敢相信此生还能与她再次相见。

回到上海后，我买不起房子，但我很轻松就找到了一份薪金以外每月补助八千元房贴的好工作。后来我几经辗转，找到了一处非常满意的房源，东平路上的一幢老洋房，就在"老哇塞"去世前与钟艳居住的那个大宅子附近。

小楼破败，昏暗狭窄的楼道，吱吱呀呀的阶梯，斑驳的墙面，显露出它的年纪，仿佛鹤发童颜、仙风道骨的健叟，实则通体脏器功能衰竭，只待寿终正寝的一天。我没跟房东还价就毫不犹豫租了下来，这处房源我已足足等了两月有余。

我正式搬进来的那天，站在小阳台上凭栏远眺，望见久违了的教堂尖顶，还恰巧听见了钟声。那天是阴雨天，我始终搞不懂为何只有在阴雨天才听得见那钟声。也不知为何，每次看到那尖顶，听到那钟声，我就把 Karine 暂时抛到脑后。

"对了，是这里了。"我在心里说。

清凉的秋风，令我的心胸无限扩容，念想无处不往。又是个呼吸与回忆通连的秋。而此刻我的呼吸，多数是与这间小屋三十年前的主人及记忆中的空气相通连，那就像昨夜的一场梦。

这间屋子，三十年前曾住着一户格鲁吉亚人。当然，那时格鲁吉亚还不是独立的国家，迎风飘展的也还是苏联国旗，信奉的则始终都是东正教。

我的父亲早年是李四光的学生，重庆大学采矿系机械专业高才生，毕业分配至上海，是煤科院的一名工程师，从事着井下液压支架的研究设计工作。

他的科研课题组里有一位苏联来华科技交流的女人,她叫莎拉耶娃,独身,与父亲协力完成了超越当时西德领先技术的设计,并一举荣获第一届日内瓦国际发明博览会金奖。

上一辈人的恋情也由此展开,之于我,那便是一段难以详考的"史前"恋情。不过谢天谢地,最终在我爷爷的极力阻挠下,他们没能走到一块。这也正是我一直对老顽固爷爷心存感恩的原因。

我无法设想,假如父亲的儿子是个混血儿,那么,那人还是不是我?

后来父亲和我的医生母亲认识了。莎拉耶娃则嫁了个同样在沪工作的保加利亚男人,搬进了这幢小楼,这间屋子。从此两家人成了好朋友,常来常往。

再后来,两家于同年生下一男一女,男的自然就是我,女的则是个混不混血几乎看不出的女孩,反正都是白种洋娃娃,取名黛西。两家人按照中国的老习俗,给我和黛西定了个半真半假的娃娃亲,仿佛可以借此亲上加亲。

既然是娃娃亲,那么无论是在黛西家还是在我家,从小我们就可以脸对脸睡在一张床上,而且在一只盆里洗脚、洗屁屁。这与后来的小敏还是有天壤之别的。毕竟那时我们还那么小,什么也不懂。

五岁前的孩童,记事通常很模糊,我只确信一点,有黛西的陪伴,我的童年很快乐。可要论具体的事儿,恐怕只深刻记得三件。

第一件,黛西很漂亮,金发碧眼,嘴巴小巧,像极了童话里的小公主,我一直很喜欢她,当她是我最亲密的伙伴。

有一年复活节，没看见兔子，在上海更没有盛装游行，莎拉耶娃就在家里亲手教我们"小两口"做复活节彩蛋。她用汤匙柄把鸡蛋的一头谨慎地敲出个小洞来，控干蛋黄蛋清，用水冲净空壳，摆在太阳下面晒，等彻底干了之后又用砂皮纸轻轻研磨蛋壳以至表面光滑，最后再以颜料着色。

黛西喜欢往蛋壳上描些精致的花纹图案，我却喜欢挑战高难度，原创各式各样的脸谱，涂抹得不像样时，索性覆以新的底色。黛西的大眼睛忽闪忽闪，诧异地问："会不会画到天黑你也画不出一只彩蛋呢？笨死了。"

和莎拉耶娃阿姨一样，黛西不会讲上海话，但普通话讲得很好。

那年据大人讲，东正教的复活节与天主教的正好是同一天。大了我才明白，是因为那年犹太教的逾越节要先于春分后的首次月圆之后的首个礼拜天（够绕的）。这的确是件复杂的事，即使在我懂了以后，也还疑疑惑惑，那似乎比计算中国春节的阳历日期还要麻烦好多……

第二件事，便是我脚下的小阳台。

那时，大人在时，我和黛西是不允许上阳台的，因为即使这不过是二楼，对小孩来讲也仍是件特别冒险的事。但偶尔趁大人不在，我会突破戒律，带黛西上阳台看风景。我会搬来一张小凳子，自己先站上去，然后马上下来，扶黛西上去，始终不会撒开她的手。

这件事也同样最令黛西开心。她的样子我永远也忘不了，站在小凳子上，踮起脚尖往外看，落下脚跟回头朝我笑，然后再踮起脚尖……哪怕前一分钟她还在生我的气,只要让她站上去,她都会马上变笑脸。

背着大人,我们不知上过多少回阳台,每次得手都会给幼小的心灵蒙上一层阴影,那是一种罪恶感,但转瞬就被新鲜感与成就感战胜了。

第三件事,五岁生日刚过完,我们两家人便先后离开了上海。我家先走。

走前那一晚,莎拉耶娃一家来我家为我们送行,并留下来吃了一顿饭。那晚莎拉耶娃阿姨话不多,陪我父亲喝了很多黄酒,我母亲和黛西的爸爸则几乎沉默无语。黛西知道马上就要与我分别,神秘地把我拉到楼上亭子间。

黛西小大人一般冷静地跟我说:"我们是不可以分开的,妈妈说将来你是要做我们家女婿的,我就是你的老婆,一家人是要在一起的。"

我说:"不会很长时间的,我爸爸说过,我们要去的那个地方很好玩,等我玩够了就回来找你,好吗?"

一听这话,黛西嘴一瘪,哭了,越哭越大声:"那我也要跟你一起去。"

楼下正在喝酒的大人们一听楼上有动静,呼啦啦全都紧张地拥上来。黛西拼尽全力拨开四个大人,赤着脚丫冲下楼去,跑到大门口,捡起我的鞋和她自己那双粉红色小皮鞋,朝漆黑一片的门外用力掷去。

等大人们折返下楼时，黛西就站在敞开的大门口，光着脚丫，歇斯底里地吼叫："妈妈说过，不穿鞋子的小孩不许出门！妈妈说过的！"

黛西的爸爸见状想冲出门去找鞋子，却被黛西死死地拽住衣角，她边哭边喊，重复着那句话，"不穿鞋子的小孩不许出门！鞋子没了，不要你找，我就是不许你出去！"

那一刻，黛西往日的小公主形象荡然无存，她让我感觉好陌生，却又止不住心疼。这一幕我永生难忘，年纪愈大，愈感心碎……

那晚，黛西的爸爸先回家了，莎拉耶娃阿姨把黛西抱到我的小床上，哄她睡觉。可是，黛西面对人生第一次失去害怕得要命，我的小黛西，在莎拉耶娃阿姨轻柔的儿歌声中，偏就那样警觉，眼睛刚刚眯上，竟会被突然的寂静所惊醒，猛地睁开眼睛，紧张地环顾四周，看看一切是否还在。直到最后把我的手紧紧握在手心里，才渐渐睡去。

当莎拉耶娃阿姨背起熟睡的黛西回家时，已是深夜，我父亲在门外只找到了黛西的一只鞋子，其余三只不翼而飞。

同年，黛西家迁去了香港，从此再无音讯。

当年正值"文革"末期，我母亲所在的医院要支援内地迁往淮北市。受累于我的外公——老上海经营文具用品的小资本家，她不得不去。

父亲不放心我母亲独自一人，也不放心把我寄养在上海的亲眷家里，于是咬了咬牙，决定带上我一道随迁。好在我们要去的这座新城市是个煤炭基地，父亲很容易就找到接收单位——淮北矿务局。

这倒又不算随迁了,也属支内。

二十八岁刚返城那年,我曾来过东平路两次,但都没有进院子,只在马路对过远远地望,黛西留给我的是对这幢老房子的美好记忆……

跟马斯垂克机场的道别相似,我也同样不敢相信此生能与黛西再度相会。但假如说,让彼此相连的两颗心过早分开是一种残忍的话,那么二十七年后,那个教堂尖顶所代表的超凡力量似乎对我做出了无比仁慈的补偿。

是的,就在我三十二岁那年,搬进这间小屋的一个月后,我的小黛西奇迹般地回来了。又一个月后,当我坐在旧金山小敏家的客厅里跟她讲起这事,连她都惊呼那是个 miracle(奇迹)。

那是一个阴天的晚上。新工作不顺,我心情落寞,在屋里点起了马灯。我之所以从小酷爱马灯这种落后的照明工具,原因不仅与黛西有关,更与后来的小敏有关。尽管钟艳曾说她也喜欢,可我觉得那定是与我们无关的理由。

有那么一瞬,我脑子里又闪过黛西小时候的样子。有时她会毫不掩饰地噘起嘴来跟我说:“我不喜欢你现在这样子!”可我转念又摇了摇头,似在与童年的小黛西对话:“呵呵,恐怕我连让你不喜欢的机会也没有了。”可这一天,无论是对我,还是对这间老屋来讲,注定是个意义非凡的大日子。当我听到敲门声,还以为是房东上门来收租。

打开门的一瞬,我确信并不认得她——一位三十岁上下的外国女人,手里竟还捧着一方骨灰盒样的东西。我不信那是整过容的

Karine如此快就来上海找我了。那女人不仅会讲汉语,竟还惊呼我的乳名"荣荣",我这才如梦方醒,这间屋子二十七年前的小主人终于回来了。

黛西说:"怎么也没想到,住在这间屋子里的人会是你,一路上我还在发愁,要怎么跟现在的屋主解释我的来意。"

强抑心潮,我笑:"我也一样没想到,有一天你会回来,天,就像做梦一样。"

那一晚我们聊到很晚,面对面,就坐在儿时最爱的小阳台上。

黛西说她已嫁人,丈夫是香港人,经营着连锁餐饮,此次没有跟来。

我却跟她开玩笑:"你本该嫁给我的哦,我们可是娃娃亲,铁打的。"

黛西笑,好开心,欠过身来拥抱我,在我耳边轻声说:"有你在这里,真好。"

不一会儿,再抱:"能再见到你,真好。"

未及我开口,又抱:"还有,你还记得娃娃亲,真好。"

那一刻,我说不出话。仿佛,她是我前世的至亲,今生聚首,只因前世不舍。我的耳畔再次响起她当年那句"不穿鞋子的小孩不许出门"。这一回,我不等她松手,一把揽住了她,因为我怕再次面对面时被她看见我眼中的泪花。

黛西告诉我,她刚到香港那一年,夜里睡觉总梦见那撕心裂肺的一幕,一醒来就喊我的名字,然后就是一顿止不住的哭。一年下来,

110

她记不清跟我在梦里分别了多少回。后来,她发展到害怕睡觉,整夜整夜地不敢睡。有阵子她母亲莎拉耶娃阿姨还专门带她去看过医生。

再后来,也许是因为老是分别,老是分别,黛西的伤感渐渐也就淡了。

她这么说,我倒是信的。我的童年因她而快乐,而她的童年却只有我。是的,除了她的父母,我也许就是她的全部了。要知道在那个年代的上海,外国小孩确实稀罕,却并不受同龄小孩的欢迎。不过我猜想,去了香港之后也许会好很多。

黛西还告诉我,她的母亲莎拉耶娃已于前阵子在香港病逝,临终前还在为自己始终没能再回上海看看而感到遗憾。莎拉耶娃一直挂念这所老房子,黛西也是。而且上海本就是黛西的出生地,她的故乡,父母的故乡她反倒一次也没去过。

基于这些,黛西这次无论如何也要带母亲回来,就当是圆母女俩一个共同的梦。"总是要回来看看的,人最后不管落脚在哪里,走过的每一处,深深浅浅都会在心里留下印子,大大小小也都是故乡。"黛西动情地说。

我想,是啊,更何况这里承载着她母亲的青春岁月,也驻留着她童年的欢乐时光。黛西端视着我,忽而又歪了歪脑袋,借着马灯的微光,换了个角度观察我,然后说:"还有你呀,荣荣,老是会跑到我的梦里来,可你总也长不大,到我读大学那年,你还是五岁的样子,呵呵,还是那个画不来复活节彩蛋的小男孩。"

我说:"这也难怪,我们的记忆都停留在那一年了,讲出来你也许不信,就在你进门前,我还在跟这间屋子当年的小主人对话呢。"

黛西:"难怪刚才见到我都认不出了。"

我:"是啊,不过你又是怎么认出我来的呢?好神奇。"

黛西:"以前我倒也有想象过,即使再与你见面,大概也是认不出的了,但现在我就敢说,哪怕你到了八十岁我还认识你,信不信?有些东西真的是不会变的。"

我:"那又是什么呢?"

黛西:"讲不好,神态吧……No,no,真的讲不好,或许还有语气?还记得有一次你在我家玩,就这里,大人都出去了,有人敲门,你把我挡在身后,不让我开门,自己跑到门边上问外面的人是谁,又找谁,还记得吗?外面的人都说了是我妈妈的同事,你还偏偏报出你爸爸的名字,问对方认不认识,呵呵,你都不晓得,我当时可崇拜你了,感觉你就像电影里的小兵张嘎。"

看来黛西对童年的记忆比我更多,也更丰富,尤其是有我参与的那一部分。这事我竟一点都没印象,不过我不想扫她的兴:"呵呵,是啊,是啊。"

02. 重获新生的记忆

那晚，我也跟她讲了很多我们家的事，还有这些年我自己的经历。

不知不觉，已近半夜一点。我问黛西要不要喝点什么，她说要是有咖啡就好了，但又不想太浓。我说就布雷卫好了，稍坐片刻，马上回来。接着我就下楼，出了院子，直奔马路对过的 Abbery Road。

夜色正浓，静谧的街道还给了静谧的植被。也许唯独它们是活跃的，正在暗夜的掩护下贪婪吮吸着老城区空气里特有的那股子霉味，渐渐吞噬、稀释，以至最终涤尽。这些应是黛西熟悉的味道，可我又想，她乘着夜色而来，应该还没有机会领略周边的新貌。二十七年过去了,这一带并非一成不变。

虽然不知黛西能在上海逗留多久,但我已在心里开始计划起明天来了。

岳阳路口的街灯下,法国梧桐正窸窸窣窣地落着黄叶,一阵冷飕飕的夜风拂过,Abbery Road 的门前地上,叶浪在翻滚。我的心里也在翻滚,只为今晚从天而降的贵客。我料定这是与黛西促膝长谈的一整夜。

可当我拎回两杯布雷卫,借着阳台马灯的光亮,却发现黛西已侧躺在床上和衣酣睡,连招呼也没打一声。一定是太累了。

望着她的身影,我在想,这可不就是黛西嘛,如假包换。某种特质上,她也没变。只有她可以把这里当成自己家,也只有她可以在我面前毫不遮掩,毫不顾忌男女之别,犹如至亲之间。撇开我们两家世交,童年的情结根深蒂固,即便已是二十七年后,尽管物是人非,也哪怕她已嫁作别人妻,有些感觉始终难以动摇。

那是一种毫无保留的信赖与完整彻底的安全感。我也许仍是她心中最亲的人,我们之间,也许永远也不会有人长大,仍然可以像五岁孩童那样无龄感、无约束地相处,无须筑起高墙,戒备森严。

要知道,黛西如此大大咧咧地一睡,反倒救我于水火了,省去好多麻烦。我不必再纠结究竟是该送她回酒店还是要战战兢兢地留宿一位有夫之妇,更不用为了"分配床位"而难为情。其实后来我才知道,那晚她压根都还没来得及订酒店,一下飞机直奔这里而来。

我从柜子里取出一条厚毛毯,轻手轻脚,移到床边,披上她的身。

然后我在床边的椅子上坐下，无声无息，俯身托腮，静望着她，出神。舒展的睡容，均匀的鼻息，婴儿般洁净的面庞。她在我眼前忽然不再是当年那个洋娃娃了，更像个失足误坠我家阳台的天使，就这么随意睡去，令我诚惶诚恐，仿佛从天界下来做客的仙人仙物，凡间的人总也不晓得要如何安置她才算得体。

这一夜，我就在靠近阳台的空地上打了个地铺。

第二天清早，我被屋里的响动惊醒了，揉了揉眼，看见黛西正坐在床沿换衣服。她看到我醒了，笑脸比外面刚放晴的秋阳更暖心。她跟我道早安，然后继续换她的衣服，压根没打算避开我，反倒好奇地问："明明有床，为什么要睡地上？"

见她如此落落大方，我便跟她开起了玩笑："唉，还不是怕吵醒你么？你啊，一点都没变，从小就爱睡对角线，那你在家的时候，你老公怎么睡啊？除非他像我五岁时那么袖珍，还勉强可以挤一挤。"

其实我已尽量避开，不说怕她介意之类的话，那样不只是生分，更主要是在她面前我最没必要扮绅士，很明显，在她的记忆库里，绅士款式的我压根就不存在。直到这时我才真正领悟：我与黛西的友情，早已超越了性别。

穿好衣服，黛西看见茶几上那两杯布雷卫，就随手拿去微波炉里转一转："刚过去几个钟头而已，不要浪费。"她一边转，一边环顾四周，目光温情，落在每一个角落，似在与久别重逢的老友们打招呼。这间屋子白天的采光特别好。

我躺在地铺上，目光也随她而动。根据我的记忆，屋里的家居风格大体与当年相仿,并无大的变动。家具老旧,却仍旧随处可见商店里买不到、装潢队做不出的精致。这种老屋,哪怕是里面的一粒尘埃,也会有讲也讲不完的故事。不知承载了几代人的记忆,曾有多少人将他们的锦瑟华年留在这里,随着它亮丽的颜色渐渐褪尽,却积淀了愈加浓厚的人文气息——仿佛任一块腐朽的地板上都寻得见几十年前的足印,每一寸墙壁上都回响着当年主人的余音。

我知道,我与黛西,以及五斗橱上临时摆放着的那尊骨灰盒,这么多年来寻找的是同一样东西。

黛西弯下腰细细研究昨晚坐过的那把椅子。那是一把陈旧的餐椅,遍体漆伤,式样一板一眼、中规中矩,没有扶手,椅背上包着麂皮,四周以点阵布局的铆钉固定,隆起处撅上去略显松垮,里面想必有着某些古老的填充物,经年累月失去了原有的弹性。

黛西说:"我敢肯定还是老早的那一把,只不过旧得快要散架了,你还记得小时候我站在这上面跳舞给你看吗?"言毕抬眼望我。

老天,我当然是不记得了,但我既不能撒谎,也还得委婉一点,我说:"我倒是记得你坐在上面吃饼干喝牛奶的样子。"

黛西断定我是忘记了,当下急了,真的要站到椅子上去。我赶紧阻止她:"别闹,它可再也经受不起你现在的重量了。"

当黛西最终在五斗橱上看见了那个模型,她的眼睛湿润了:"红灯记!红灯记!竟然真的没丢,在你这里。"

黛西口中所谓的"红灯记",纯属当年的"儿童语法",自然是不通的,但一直沿用至今。那其实是一个玩具,是我父亲用我母亲从医院里带回来的针头组装而成的一个玩具，形似样板戏《红灯记》里的那种马灯，我父亲专门为黛西而做，送给了她。黛西整整玩了一年都没有玩腻，我想借都难。

我曾央求父亲为我也做一个，他却一会儿说针头数量不够，一会儿又说忘记了怎么做，再也做不出了。直到今天回想起来，父亲可是个响当当的机械动力专家，再复杂的结构也难不倒他，又怎么会被那样一个小玩意儿难倒呢？

原因其实只有一个，父亲不希望我拥有比黛西更多，甚至仅仅是数量与之相当的玩具，因为那样的话我极有可能会冷落黛西。就好比莎拉耶娃阿姨也同样不会允许黛西拥有比我数量更多的彩蛋，即使黛西的功劳要比我大得多。

在这一点上，父亲与莎拉耶娃阿姨似有高度的默契。

这只"红灯记"之所以最终落到了我的手中，是因为它在我与黛西分别的那天晚上，被遗落在黛西睡过的枕边。它曾经属于黛西，一度遗落到我的手里，后来我将它送给了小敏，而在我们十七岁那年，小敏又将它还给了我。

这一天我请了假，陪黛西四处转转。我首先带她去附近的普希金纪念碑。可黛西坚称以前是没有这座纪念碑的，否则这么近她不可能一点印象也没有。这就令我困惑了，我的记忆中反倒是有的。

我很喜欢这座纪念碑，搬来的一个月里，每回从东平路出来，我都禁不住要朝左手方位瞄上几眼。那里是一个由桃江路、岳阳路、汾阳路合围而成的三角形街心小花园，幽静的休憩之处，正矗立着俄国诗人普希金的纪念碑。

我会肃穆地默念起那样几句诗文："时间的流逝没有冲淡我们朋友的桀骜，花园上空至今回荡着他高亢的声音：如果不能得到人人羡慕的世俗尊荣，我情愿做个穷困而精神富足的诗人；如果不能摒弃那卑鄙龌龊的诋毁，我就让死亡延续我纯洁高尚的灵魂。"我喜欢这些句子，只因它们脱离世俗离我很遥远，以至于我常常需要吃力地仰视。

假使天气不成障碍，我偶尔会在晚餐后去小花园里坐上一会儿。三张石凳，若有两张空着，我就不假思索地去坐。一直坐到三张都寻到了主人，特别是其中一张还黏上了一对情侣，才愿意起身离去。我喜欢脚下落叶铺满石径的秋意。

我和黛西并排坐在石凳上。我说："看来，我们的记忆是交错互补的。"

黛西不置可否，只愿放开身心享受此刻，沉浸在浓浓的秋意之中。我们在石凳上一坐就是一下午，傍晚我带黛西去 Abbery Road 用晚餐。

回到老楼，天色已暗。黛西跟在我后面进了狭窄的楼梯间。借着头顶那盏油腻腻的廊灯，昏黄的光晕，踏上咯吱咯吱的陡峭阶梯。仰面，楼梯上还有一盏，铅丝笼灯罩上挂着繁茂的灰毛絮头，随阵阵不辨方向的老宅阴风轻舞飘摇。

一个月来，这些我已习惯，可黛西却好似由里至外，从肉体到精神打了个全身的大冷战,颤巍巍道："印象中当年可不是这么破旧啊,昨晚上来的时候我就在想,会不会有一天突然塌掉呢?"

我笑了:"可能吧,早早晚晚,它总有塌掉的一天,但你放心,一定是很久以后了,有定期修缮的啦。"

但其实我咽回去一句话,我真正想说的是,你放心,即使它真的塌掉,我们的记忆也不再会无处安放,因为时隔那么多年我们又找到了彼此,又找回了那么多珍贵的记忆,那是我们共同的、永久的财富,不仅不会随着时间模糊淡去,反而重新获得了再生能力,那远比将其寄托并最终遗落在一幢破败的老楼里要有意义得多。

黛西在这间屋子里住了三天。她告诉我,当年她母亲离开我父亲,那完全是她自己的选择,而不是我想象的那样,迫于我爷爷的压力。黛西还将她母亲莎拉耶娃生前唯一的一枚金质奖章留了下来。

她说:"你父亲那里也有一枚相同的,请你转交给他,告诉他老人家,我母亲这辈子最后的感悟其实只有两个字:等待。"

我猜,那是具有某种象征意义的守候,就和我一样,始终也舍不得离开这幢老楼。是的,大自然是由无数不可捉摸、不可预测的偶然共同构成的必然,这个必然就是规律,一个周而复始的体系。我们也许打不破也逃不出必然,但我们可以尽情享用个体的偶然。关键,勇气之外,看我们有没有那份耐心为之守候。

生活中那些美好的东西往往并非立等可取,有时需要等待。有时,那种等待是以一生为单位的。之于莎拉耶娃阿姨,等待也许经不起岁月的摧磨,却可以成为永恒的爱的召唤,即使等到难以感知的一天,它依然保持着憧憬的姿态,依然美好如初。

临别，那个“红灯记”终于可以物归原主了。多年来，它跟随我的足迹，到过地球上很多地方，不是在我的旅行箱里，就一定被摆在屋子最显眼的位置，每周擦拭一次，至今光亮如新。我把它郑重地交到黛西的手中。我想，小敏知道了一定会很开心。

我还跟黛西开了个小小的玩笑。我趁她专心收拾行李，偷偷藏起了她的鞋，我很好奇长大之后的黛西会是怎样的反应。果然，当她里里外外找了个遍也没能找到鞋子时，放弃了。

黛西往床上一坐：“好了，不走了哦。”

我问：“为什么？”

她噘起嘴说：“妈妈说过的，不穿鞋子的小孩不许出门！”

黛西还是那个可爱且有情有义的黛西，一点没变。这一回，我心里只有亲切、温暖与怜爱。我深情地抱她，搂得很紧，紧到她只看得见天花板。

我说：“以后不用再耍赖啦，电话给你了，只要你愿意，每天都可以联系。”

“哼哼，逗你的啦，就猜到被你藏起来了。”

从此，我与黛西的联络一直保持畅通。后来我创建自己的公司，就从老楼里搬了出来，但我还是会经常回去看看。

2004 年，我与黛西相约广交会。那次她带上了她的老公柯志伟，因而我终于有幸认识了这位青年才俊。

在广州逗留的那一周，是我人生中最放松、最肆意的时光。与儿时一样，happiness is so easy(幸福乃易事)！我们亲密得如同三个连体婴儿,勾肩搭背,夜夜喝酒,醉得不省人事后就在酒店的同一张大床上交叠而眠。

我的书柜里至今还保留着一张我们三人的合影,黛西在当中放肆地笑,张开双臂将我和志伟的脖子双双夹于腋下。那一年我们三个都是三十四岁。我自信地想:我与这两口子也许是全天下最为"登对"(方言,般配)的无龄感组合了,没有之一。

即使没有那个半真半假的娃娃亲,即使我们那时啥也不懂,可我确信与黛西是相爱的,我们之间的爱从未长大过。可世间所谓成熟的爱也是一把双刃剑,不是么? 一旦成熟了,便有所保留,不够爱了。成熟是理性的,它懂得防御戒备、权衡利弊、计算得失。而爱是情感,它是抽象的,感性的,时刻流动着的。

Part four

像孩子一样相爱

所谓两小无猜，就是像孩子一样相爱，互啃手指，从不为"细菌"担忧。苦难能让我们更坚强，让梦想更坚定。

Introduction

　　我相信高晓松在创作《如果有来生》的时候，一定借用了谭维维如孩童般的视角，从孩子的眼中洞见爱情原本纯真的模样。

　　你从一座叫"我"的小镇经过，刚好屋顶的雪化成雨飘落。你穿着透明的衣服，给我一个人唱歌，全都是我喜欢的歌。我们去大草原的湖边，等候鸟飞回来。等我们都长大了，就生一个娃娃。他会自己长大远去，我们也各自远去。我给你写信，你不会回信。

　　就这样吧……

01. 苦难是人生冷面慈怀的老师

每一个不安分的少年都有一个避难所。是的,我就曾是个极其不安分的少年,而我的避难所就是小敏。

小敏是我某本书中最受读者喜爱的人物,我把这件事发 e-mail 告诉了她,并按照她给我的日内瓦新地址寄去一本。她看完之后,掐准时差,在我临睡前几分钟打来电话。

她很羞涩地说:"你的书我看完了,呵呵,怪不得会有人喜欢我呢,我哪有书里那么好啊,明明就是你把我给美化了。"

我说:"可是,那就是我心目中的你啊,我总不见得连自己也骗。"

2002 年深秋,黛西回港后一个月,我去旧金山看望小敏一家,在她家的客房里睡了四晚。那一次,我与 Tom 曾有半个下午的独处,在我们方圆二十米的视线范围内,还有一颗小卫星始终围绕着我们转。那是 Tom 和小敏的女儿 Coco,那时她还是个四岁出头的小不点,正漫不经心地骑她的小自行车。

小敏当时住在 Golden Gate Park(金门公园)的西南面。那个社区环境很好,业主以白人居多。Tom 带我到公园边上的一个篮球场,我想他多半是为了兼顾女儿,那个篮球场的边上有一些户外儿童游乐设施。

Tom 最关心的,自然是那个与他相遇之前的小敏是什么样。

我相信他从小敏的家族成员口中已经了解到不少了,可我总有种强烈的直觉,他最有兴趣知道的还是我所认识的小敏,而且我料定他早晚都会找到这样一个机会来问我。小敏是我与这个美国男人之间唯一的交集,却不巧,恰恰是个敏感区。

不过我也算得上坦荡,随便说了一些。没想到那天下午我会令 Tom 失望。

回想起来,从头到尾我只跟他讲了小敏小时候那两次哭鼻子的经历。直到小敏打电话通知我们回去晚餐,我才略显愧意地补充了一点点,告诉他小敏小时候读书特别用功,成绩也优异,另外,我们两家的关系也特别好。

Tom 的表情平静淡然,大段的沉默让我能轻易感知他的失望。据此断定,我在他眼中已是个不够真诚的人。没准小敏已把我们之间的所有事都告诉了他,至少不会只有两次哭鼻子和读书用功这么干瘪的信息量。他一定觉察到，我对这三件事的描述如此超脱，像第三人称小说那般叙述，完全与我本人不沾边。

尽管如此我仍坦然，我坚信世间有很多情感是难以言说的，更何况是脱离了母语之后。直到临近家门，我郑重地告诉他："不管到什么时候，请相信我，Min 是值得你珍惜一生的女人。"

Tom 侧脸朝我微笑，点了点头。

我与小敏之间当然不止这么点事。我在想，假如这本书我仍决定寄去瑞士，而小敏也恰好乐意为她的丈夫译读，那么时隔十四年之后的今天，我终于有机会向 Tom 表达歉意，补偿他曾经的失望。由此，他自然也就会明白当年我为何会告诉他那句话——他的妻子是个值得他珍惜一生的女人。

我与小敏在支内随迁之前就是邻居，但老实说在离开上海之前我对这个女孩子一点印象也没有，无论小敏有多么诧异，不厌其烦反反复复为我描述一些场景，却始终也唤不起我一丁点的记忆。我想那定是因为当时我只爱跟黛西一起玩的缘故，可我又极不情愿跟小敏实话实说，我只用"小时候的记忆不可靠"来敷衍她。

在我的生命里，黛西与小敏就像是电视连续剧的上下两集。相同的年纪，两个不同的时空，几乎可以完美无缝衔接。我与黛西是娃娃亲，如今我也是小敏的女儿 Coco 的"过房爷"。

五岁的那个深夜，我无限感伤告别黛西，最后一次，小心翼翼牵了牵那只耷拉在莎拉耶娃阿姨背上的小手，如同触摸一件精美的瓷器。第二天一大早，我们全家便乘火车去了淮北。也就在那趟火车上,我认识了小敏。

与我家一样,小敏和她的姐姐也随她们的母亲一道随迁。小敏的父亲和姑妈都在美国,正因有了这一层海外关系,小敏的母亲家庭背景也很糟,因而也在支内名单中。话说支内,讲是讲自愿,但整个医院都迁走了,留下来的只能等卫生系统其他单位接收,迟迟等不来的话,日子也很难过。

那天,我父母正在车厢里与小敏的母亲交谈,同事之间,畅想着即将奔赴的那块热土。那时条件有限,且时间仓促,他们从表态到出发,竟连一张反映淮北市容市貌的照片都没看过。

我在车厢的过道上跑来跑去,兴奋不已。

我记得小敏跟我讲的第一句话是用上海话问我:"你的'红灯记'好好玩,能借我玩一下吗?"

那个"红灯记",一个手工小马灯玩具而已,我当时怎会想到,它后来竟会成为连接两个时空、三个人唯一的纽带,它曾在三颗幼小的心灵上打下了烙印。可令我感到遗憾的是,直到今天,小敏一直知道黛西其人,黛西却无从知晓小敏的存在。

火车上见到新朋友,我内心是热的,可我脸上偏要摆出一副凶巴巴的样子。我说:"那怎么行?这是黛西的,我玩好了还是要还给她的,不然她会哭,会哭得很伤心很伤心……"

那个不容置疑的语气,就好像黛西也在这节车厢里,并且分分钟盯着、催着要我归还那个小玩意儿。

遭到无情拒绝的小敏,还没等我把黛西的哭相描述到位,先哇的一声哭了出来,委屈地转过身,跑回她母亲和姐姐身边。我赶紧追过去,把"红灯记"塞到她的手里,像是欠她什么似的。

我说:"别哭了,给你玩吧,记得不要玩坏掉,我还是要还给黛西的。"

小敏破涕而笑。她母亲慈爱地摸摸我的头,跟我父母说:"荣荣真的好懂事。"

可就是这样一个"懂事"的荣荣,刚到淮北就闯下了大祸。

终点站淮北到了,淮北市政府派车来接我们。我们家、小敏家、还有我妈妈的那些拖家带口的同事一道被革命委员会的同志热情地迎上了两辆挂满大红花的军用卡车。革委会的人给我们每个人也发了一朵小红花,佩戴在胸前。就这样,我们立在军用卡车的翻斗上,被运往人民医院所在地,沿途接受着全市人民的夹道欢迎。

我们被运到人民医院的大食堂门口,大家纷纷下车,小红花却又被革委会的"绿军装叔叔"挨个收回去了。我喜欢那朵小红花,打心眼里喜欢,当时的感觉就像嘴巴里先是被人喂了一块红烧肉,舌尖刚品出滋味,又被人挖走了,被告知:就是让你舔舔的,你以为真给你吃啊。

不过还有比我更失落的人,那就是小敏。她索性又哭起来。我也不知是怎么想的,可能是心一时被她哭软了,赶紧跑过去安慰她。

我说:"快别哭了,那个'红灯记'我不要了还不行吗,送给你了。"

小敏眼睛一亮,马上止住了哭,惊讶地问:"那黛西怎么办?"

我一拍胸脯,豪情万丈:"没关系的,黛西是我老婆,我回去让她打两下就好了。"

小敏羞答答地说:"谢谢荣荣。"

直到今天,小敏及她的家人也还一直念叨,说我小的时候对小敏是多么多么好。其实我自己倒真没觉得。假如硬要列举事迹的话,"红灯记"和小红花勉强可以记上一笔。

大食堂里已经摆好了圆台面,很多张,远道而来的上海客人,即将成为这个医院的主人。我是被小敏牵着手走进食堂的,感觉怪怪的,以前从来都是我牵着黛西的手到这儿、去那儿。

后来小敏总算被她母亲召唤了去,我才重获自由。趁大人们还没坐定之际,我在大食堂里撒起欢来,东奔西跑,南征北战,后来又在桌子下面玩起了地道战。正当母亲从人头间找到我踪影的瞬间,我把桌布当红旗一样扬扯,终于酿成了惨剧。

一碗滚水从我头上毫无遮掩地浇灌下来……

我永远也忘不了那一刻父母悲痛欲绝的样子。正是他们的样子让我于极度惊恐中意识到世界末日的降临,却与从头到脸钻心刺骨的灼痛毫无关系。我的烫伤很严重,但幸好发生在医院里,也幸好当时院里最好的皮肤科专家丁院长也在场。十万火急,我被送去不远处的门诊大楼。

多年以后,就连丁院长的儿子都清晰记得当年食堂那一幕。他曾多次跟我提起,毕竟我是他父亲同院同事、老乡兼朋友家的孩子。他父亲当年的压力可想而知,至今对这件事仍心有余悸。

应当说,丁院长是我人生中的第一个恩人,他的不容易,不仅体现在他当年力排众议,果断为我制定了相对冒险的开放式治疗方案,更在于他每天看完我的病情之后,马上就得赶去革委会报到,接受专案组无休无止的审查、批斗。

有的时候,丁院长一天会来看我两次,第二次来总在傍晚时分。

他总是一身洁净的白大褂,满脸斯文,一副书生相,可他几乎每次来都与上次不太一样。不是眼角多了一块瘀青,就是嘴角多了一道血口子,偶尔头上还会残留些没有清理干净的秽物。

最令人心痛的一次是看见他一瘸一拐地走进病房,来到我的床边……

同样让我永生难忘的是,无论丁院长以何种形象出现在我眼前,他的脸上总是挂着可亲的笑,那不是医者给予病患的职业笑容,而是家人之间才会由衷流露的真笑。

丁院长不厌其烦地关照我母亲:"特别是晚上睡觉的时候,一定不能大意,最好你们夫妻俩轮流值班看护,摁住小家伙两只手,实在需要离开,也千万千万记得要把他两只手分开绑在床头上,绝对不许他挠痒,颈部也要固定死,不让他的脸左右来回蹭,这些要是做不来的话就让护士代劳,不过我相信顾医生是不会放心的。"

我清晰地记得,一直到我出院那天,我父母没有求过任何人帮忙,也从来没舍得把我绑起来过,他们就那样硬生生地日夜轮流看护着我。

出院后我们回到自己的新家,父亲动手为我做了一只透气的笼子,可以把我颈部以上的面部完全罩住。直到这时,他们才稍微轻松了一些。在那个非常时期，无论是医院，还是在我的新家，我身边多了一个人，那就是小敏。

小敏除了第一次在病房里看见我时哭过，此后就再也没掉过一滴眼泪。她说她开始的时候很害怕，所以哭，但后来就不怕了，因为她听大人们说，不用多久我还会和以前一样。

听小敏这么一讲，我心里落下一块大石头。虽然当时还小，不懂事，可我内心也蛮煎熬的。我总担心自己将来会变成丑八怪，那样的话黛西见了一定怕得要死，躲得远远的不肯再跟我玩了。

也不知哪根神经搭错，我悔过一般跟小敏说："我以后再也不那样了。"

事件本身足以给我教训，毋庸赘言，所以自从出事以来，连我父母都没要求我认过错，跟小敏就更是大可不必。但现在回想起来，那是不幸中之万幸，幸运之后，又陷入极度后怕。

我很喜欢我的新家，一切都是新的。那是政府专门为上海支内职工建造的三排三层红楼，这在当时来说已是非常高档的住宅了。可它十年前变成了危楼，拆了。尽管已经拆了多年，可直到今天，几乎所有当地人仍对那三排红楼记忆犹新，念念不忘。倒不是因为它在当年作为最豪华的居所存在过，而是曾经居住在那里的人，救治过他们不计其数的亲人。那是一种淳朴的感激之情。

也就是这么巧，如同火车硬卧车厢的上中下铺，小敏家住一楼，丁院长家住二楼，我们家住三楼。丁院长比我们早来两年，却与我们一样刚刚住进新房子。

那段时间,小敏是个小忙人,每天不知要上楼下楼多少回,像个小小搬运工。吃的、喝的、玩的,只要我喜欢,只要我开口,她都会慷慨地拿上来给我。

小敏最令我震惊的一项本领是折纸。天上飞的,水里游的,但凡我报得出名字,似乎就没有她折不出的东西。一些只是听说过,就连在上海西郊动物园都见不着的动物,她也能为我折出来。

我对她也是相当慷慨,把我从上海带来的所有玩具都拿出来给她玩,其中就有最令我自豪的那些个装电池和上发条的玩具。那个年月,这些都是高级玩意儿,我的玩具库已初步实现了半自动化。

等我彻底康复那天,我父母拎着好多吃的,领着我到二楼丁院长家拜访,主要是为了感谢他的精心治疗,顺带以邻居身份聊表心意。毕竟丁院长长期单身,他爱人早已与他划清界限,带着女儿回上海娘家了。

可当我们来到丁院长家门口时,他的门前挤满了邻居,都是上海人。我父母领着我,拨开人群进屋看究竟。地上横着一副担架,丁院长正侧卧在上面,身边围着好几个人,小敏的母亲也在。大家争相扶他上床,却又碰不得他,稍稍一碰,他就会凄嚎。

我看见丁院长裸露在外的后腰上鼓起一个馒头大小的血包。我母亲问身边的人怎么回事,众人皆摇头。

只有小敏的母亲说:"腰可能被打断了,刚刚被他们抬回来。"

我母亲气愤地说:"那他们也不该抬回家啊,抬去院里才对。"

这回连小敏的母亲也摇头了:"唉,革委会的同志不许,谁抬谁就是通敌。"

我母亲忍住眼泪走到担架跟前,蹲下身,仔细查看了腰上的伤势,然后说:"看上去,在家里也可以养好,等下我再找人来看看,本院要是没人敢来,放心,老丁,我给你到乡下找中医。"

丁院长微微侧过脸来,感激地朝她点头。

我母亲接着说:"你自己思想负担不要那么重,都会过去的。"

小敏的母亲也在劝:"对,凡事看开,往好的方面想,总要熬过去才好。"

丁院长背身掩面,泣不成声:"嗯,也想不了太远,能活一天是一天。"

我母亲向我招手,示意我过到担架另一边,我在丁院长的面前蹲下。见到我的那一刻,那张被痛苦扭曲的脸舒展开来,他抬起手来摸我的脸,就像雕塑家触摸自己的杰作。

"好了啊?小东西,一点疤痕也没留下,好啊,交关好(沪语,非常好)。"他的手在颤抖,我的脸就是他最大的成就和安慰,令他暂时忘却疼痛。

后来,丁院长的腰真就是我母亲步行几十里路到乡下找来的中医给治好的,连一张 X 光片也没拍过。但在此后四十年里,丁院长的腰再也没能直起来过。那位救助过丁院长的老中医,十年后成了某中医院的院长。

丁院长教我的东西很多。坚强的意志,与命运抗争的勇气,对苦难永无止境的忍耐,身处绝境却对未来从未绝望的信念。但凡吃过苦遭过罪的人,在那些煎熬的岁月里,生的希望便是他们的一切,根本无暇照镜数皱纹。

如今最艰难的日子已熬出头,生命中哪还有更糟糕的事?满目皆是满足。

02. 通往自由的密道

我父亲的小布尔乔亚情结一向蛮严重,他不仅从上海带来了电唱机,还在一摞样板戏中夹带了邓丽君。丁院长伤愈后,一个人生活难免厌气,入夜后常会上楼来坐坐。

有一夜,父亲与丁院长聊到很晚,待全套样板戏唱片放完之后,父亲似有意试探,当着丁院长的面放起了邓丽君的歌。丁院长会意地笑,为父亲点上一支上海自产的雪茄:"没关系,我也不是头一回听,音量小一点就可以。"母亲见状心下欢喜,如遇知音,终于敢把珍藏已久的红酒端出来。

他们聊的事儿我听不懂,也不爱听,我常常躺在自己的小床上,嗅着那股整夜都散不尽的雪茄味,昏沉睡去。可自从邓丽君成为丁院长与我父母共同朋友的那晚起,我的睡眠开始变得不安稳,间或有邻居来敲门。幸好母亲手脚麻利,总能在父亲开门之前把那"靡靡之音"藏匿起来,换回铿锵的样板戏。

终有一天,敲门的人是小敏的母亲,小敏也拖油瓶般跟在身后。从那夜起,这个神秘的小圈子又加入了新成员。自然而然,我也就没那么早睡觉了。我和小敏会在另一间屋子玩别的。玩什么都可以,但大人们不许我们开窗子,被烟呛出泪都不许。

烫伤彻底治愈不久,我又出幺蛾子。有一天小敏给了我一块泡泡糖,由于玩得太疯,嚼着嚼着忘了,一不留神就把泡泡糖给咽了。

我惊恐道:"完蛋了,完蛋了,小敏,我把泡泡糖咽下去了,会不会死啊?"

小敏直愣愣盯着我的脸,等确信我没有骗她,号啕大哭:"那可怎么办呀? 荣荣,你活不成了呀。"

尽管都是医生家的小孩,但不遇上个事谁也不会问自家大人,泡泡糖咽进肚子会不会真像孩子间流传的那样把肠子粘在一起,最后死掉。况且那时泡泡糖并非每个孩子都能享用,和巧克力相似,当地一些孩子甚至连见都没见过。

我知道我又闯祸了,但我只晓得死死地扯住小敏的衣服,不许她跑去告诉大人。小敏突然不哭了,冷静得吓人。接下来的事不可思议。她使力一把将我的头摁下来,然后用她的食指伸进我的嘴巴、我的喉咙,试图让我呕吐。

当时我空腹，虽然想吐，憋得脸通红却什么也吐不出。小敏见此法失败，往地上一坐，又大哭起来。

后来还是她想到了办法，她说："我和你一道去找丁院长，先把你救活，然后我们求他不要告状。"

我说："就算这样我也不能去，他们讲只要一走路，泡泡糖就掉到肠子里面去了。"

小敏说："好，那你就在这里别动，我去把丁院长找过来。"说完撒腿便往门诊部大楼跑去，还不时回过身来朝我喊："你别动哦，我马上回来。"

于是我就像被孙悟空的金箍棒画定了结界，立在原地不敢动弹，在恐惧与绝望中等待小敏归来……

大约一刻钟，小敏没有找到丁院长，却把她母亲搬来了。我心想这倒也不好怪她说话不算数，只要别让我父母知道就好。我远远看见她们母女俩，小敏已汗流浃背，被她母亲牵着手，有说有笑地朝我走来。

我当时心里既怕又气：我都快要死了哇，你怎么还敢笑？

小敏的母亲走到我面前，蹲下来，摸了摸我的脸，和蔼地说："傻孩子，别怕，泡泡糖咽下去不会有事的，阿姨正上着班，专程过来跟你讲一声哦，怕小敏的话你不信。"

"阿姨，我真的不会死吗？"

"真的不会！"

刚到淮北这短短两个月，我已先后经历了两次有惊无险。小敏在边上望着我偷笑。可我心想：这会儿你又笑？刚才就算我以为自己快要死了，也没哭啊。

我们那个时候没有游乐场，我和小敏最大的游乐场就是医院。在院里混的小孩有很多，支内的孩子和本地的孩子都有。其中就有我的本地发小铁蛋和后来成为西区恶霸的万小毛。印象中只有二号病（副霍乱）流行的那段日子，全院职工的小孩才被严禁入内。

小伙伴们凑在一起玩的最刺激的游戏不是橡皮弹弓、玻璃弹珠、滚轴车，而是具有医院特色的惊悚游戏——比谁胆大，看谁不怕死人。

有一天，我跟万小毛比。我们一起走进太平间，小敏和其他孩子全在门外守着，个个瞪大眼睛不敢说话。我和万小毛都够不到照明开关，乌漆墨黑，我们就站在太平间的正中央，看谁站的时间长。

黑暗中，我听到滴滴答答的声音。我没有害怕，我猜那是穿着开裆裤的小毛吓尿了。等滴答声停止，小毛突然大叫一声，"俺娘——"然后扭头逃出门去。

那时的太平间条件简陋，只有病床和盖尸布。为了证明我的胆子最大，我不仅独自在里面多待了一会，还借着门外的光，扯下一块白色盖尸布。我正打算出去接受小伙伴们的欢呼，没想到万小毛一肚子坏水，知道自己输得不光彩，恼羞成怒，从外面把门关上，竟还用一捆炮线将门把手缠死了。

这回我真害怕了，我扯了病床上那人的盖尸布，我怕那人从床上跳下来找我算账。

我趴在门缝上大声喊叫,小伙伴们全都吓跑了,走廊上空无一人。我在绝望的黑暗中正想踹门,却听到外面走廊上有哭声。那分明是小敏的声音。我当下舒了一口气,我就知道,只有她不会丢下我不管。

　　我:"小敏,小敏。"

　　小敏:"哎。"

　　我:"小敏你过来。"

　　小敏哭得更响了:"我害怕,我不敢。"

　　我:"小敏别怕,你不用进来,帮我把门打开,让我出去。"

　　小敏不哭了,脚步声朝我这边来。我从门缝里看见了她,满脸泪痕,竟是紧闭着双眼摸墙过来的。她实在太害怕了。

　　当我牵着小敏的手一路狂奔逃出去以后,她还在抽泣。当时我没笑话她胆小和爱哭,那是基于感恩,可过后还是没管住我这张贱嘴。

　　多年以后我才明白,我只不过是胆子大,小敏却比我更勇敢。勇敢不是不害怕,而是明明很害怕,却能凭借勇气去战胜恐惧。而这种勇气,绝非无中生有。我相信,小敏那一刻的勇气,多半源自我们的友情。她认为非救我不可。

　　尽管小敏求我以后再也不要玩这种吓人倒怪的游戏,可后来我背着她,在门诊部后面的卫校解剖室,与其他小伙伴又比过好几次胆子。有一回,我还弄坏了人家的教具——把一副骷髅架子摔散了形。

　　我是个天不怕地不怕,自出生那天从来没哭过的孩子,但我也有害怕的事儿。我对精神病人有着莫名的恐惧。那仿佛是另一个世界里不可捉摸的人，永远不按常理行事，猜不透他们下一秒会有怎样可怕的举动。这也许是我小舅从小给我留下的心理阴影。亲舅舅尚且令我害怕，莫说不相干的外人了。

终于，我被人笑话为"胆小鬼"的日子来到了……

那天我和小敏正与一帮男孩女孩玩得开心，一个经常出没于医院里的精神病人突然站在我们面前，朝着我们傻笑。这人以前是红卫兵，在一次武斗中被人用钢钉扎穿了脑袋，坐下后遗症，疯疯癫癫好几年。

所有小孩见他现身都四散逃逸，唯独我，如此不争气，腿都吓软了，一屁股坐在地上。我努力想爬，却发现手也是软的。

我就那样瘫软在地上，蜷缩成一团，筛糠似的浑身颤抖。幸好已经跑远的小敏又折返回来，朝那人扮各种鬼脸，嘴巴里还发出奇怪的吼叫声。不一会儿，那精神病人似乎反倒被小敏无聊的把戏腻味到了，摆摆手走了。

万小毛终于扬眉吐气了，他大摇大摆走到我面前，抹了一把鼻涕说："不怕死人有啥了不起？一个活人就能把你吓成这样，真是个胆小鬼！"

其实，人的内心不可能无所畏惧，只不过每个人恐惧的事物不同罢了。此谓人各有所惧。此后我又被小毛抓住一个弱点，怕爬虫。严谨来说那不完全是怕，更多的是感觉恶心。回想我几十年的人生，只有两个人会在虫类面前挺身而出保护我，一个是我母亲，另一个就是小敏。母亲敢于面对各种规格型号的虫,小敏则有上限,若超过马蜂大小,她也罩不住我,只能拉起我仓皇逃命。

自从那次太平间斗胆子游戏之后,小敏就哭得少了,我猜也许是因为我口无遮拦的那句话。我说:"你哭起来好难看,真的,从来没有见过那么难看的样子。"

小敏翻了我一个白眼:"谁哭起来会好看?"

我说:"黛西,黛西哭起来就好看。"

小敏嘴一撇,赌气道:"好,那你跟黛西去玩吧,我不要睬你了。"

可我又到哪里去找黛西呢?只好追上去讨好她:"你不哭的时候就好看,笑起来比黛西还要好看,真的不骗你。"

现在每每与小敏说起她小时候爱哭的事,她总会拿一句话来顶我:"哦,还说?我哪次哭不是跟你在一起?你还不晓得反省一下吗?"

五岁半的时候,我们两家人商量,让我和小敏插班上了同一所幼儿园。

幼儿园里小朋友一下子多了好多,我很快就"变心"了,我只找其他小朋友玩,故意躲开小敏。只是我最爱扎堆的那几个小家伙,都是调皮捣蛋出了名的本地男孩。我稀里糊涂跟着他们一道去挖幼儿园的围墙脚,什么工具都用上了,花了整整一个星期的时间,竟然被我们挖出个一尺见宽的狗洞来。这个年纪,哪个孩子心里不是同住着天使和魔鬼。

就这样,我跟着这帮孩子逃了出去,到外面更广阔的天地去撒野。我们当中有个孩子很聪明,也不知他从哪里找来了半张草席,每次都是他最后一个钻出去,回头再用草席从里面把洞口虚掩上。

开头几天还好,我们疯完之后还晓得从狗洞里爬回去,放学后各家大人都会在园门口接孩子,接不到的话可就惨了。可后来有一天出事了,我们当中的一个小孩在外面走散,正是那个懂得用草席盖住洞口的小孩,只有他没能赶在放学之前回来。

第二天到了幼儿园才得知,那个小孩在外面流浪了一整夜,他的家人也在外面找了他一整夜,直到清晨才被巡逻队发现,蜷缩在路边的冬青树下。他讲不出家里的地址,却报得出幼儿园的名字。这下热闹了,派出所的人一大早把孩子直接送到了幼儿园。

那个狗洞当天就被园里发现,找人重新堵上了,而那个小孩特别讲义气,没有讲出其他小孩的名字。那阵子幼儿园里风声鹤唳,园长带着那个小孩走遍了每个班级,把他当成了活教材。这个走丢的小孩后来在读小学的时候成为我最好的朋友,死党,他的名字叫古少锋。

从那以后,没有人敢去挖围墙脚了,园里加强了戒备,园长每天都会亲自沿着围墙根巡视。但是那个洞对我而言,就好比为我打开了潘多拉魔盒,从钻出去的第一天起,我的心已经属于外面的世界。

既然挖洞不成,那就只有翻墙。

我观察了好几天,终于被我发现围墙的一个薄弱点。厕所边上那堵墙,距离滑滑梯最近,而滑滑梯顶部的平台只比围墙矮那么一点。我一次又一次爬上去,站在那个平台上,目测。当我终于有自信能够攀上墙头的那一天，我没有犹豫，真的那么干了。

我纵身一跃，成功了。一声闷响，我的身体撞击墙面的动静太大，旁边厕所围墙里传来女孩子的尖叫声。可这时的我并不打算放弃，我想，就算现在想松手，已经晚了，摔下去也不见得会有好结果。

我只有用尽全力爬上去。当我终于把头探出围墙的时候，再次听见厕所里的尖叫，我扭头一看，天哪，那是大班的一个女孩子，一双惊恐的眼睛正瞪着我。这时我才意识到又闯祸了，慌张之间松了手。还好，落地时只是崴了脚。

接下来的事可想而知，女同学向老师告了状，我父母被双双请到幼儿园。我的解释从头到尾没有改变，我说："我知道错了，上次不该挖洞跑出去，这次更不该翻墙。"

园长、老师还有我的父母都相信我讲的是真话，因为我连带上次参与挖洞的"罪行"都已经供认不讳了。可那个大班的女同学偏偏不依不饶，一口咬定我爬墙就是为了偷看她上厕所。

我在心里说：我怎么知道上了围墙之后就能一眼看见女厕所？就算我事先应该想到，可我又干吗要看你？我跟黛西在一个盆子里洗屁屁的时候我都不要看，我会看你？黛西比你不知要漂亮多少倍哦。

可既然大人们都已经相信了我的话，那我也不再解释什么了。

这件事很快就传出去了，小敏也知道了。小朋友们都不跟我玩了，我只有回头来找小敏玩。可没想到小敏也不理我，她羞红了脸："下作坏！我不要跟下作坏一起玩。"

这种被人孤立的局面仅仅持续了一周不到。我心里很笃定，就算全世界的小朋友都不愿跟我玩，唯独她小敏不会。那天小敏带了两只苹果，我就猜到有一只肯定是给我的。

尽管那次"越狱"以失败而告终，可它对我的人生却有着非凡的意义，我对当年那件事至今都不曾有过半点悔意。

六岁的暑假，由我父亲单位出差的同事带着，我和小敏一同回上海。那是我第二次与她一道乘火车。一路上，我兴奋地跟小敏讲黛西，答应一定要带她去黛西家玩，大家要做好朋友。

到了上海，小敏住在她外婆家里，我住在我外公和小阿姨的家里。

这个暑假，我的小阿姨正在谈朋友，还没结婚。她的男朋友是我很喜欢的人，一米八五的大高个，英俊潇洒。他也很喜欢我，单独带我出去，游泳，吃各种点心。讲句大逆不道的话，曾几何时，我爱他胜过了爱小姨。

这个男人几年后成了我的小姨夫，生下我的表弟强强，这是一个曾经幸福美满的家庭。可不幸的是，在我表弟十二岁那年，小姨夫英年早逝。他在一次车祸中留下了脑血栓，后来不断恶化。在他最后一次出院时，我曾回上海看望过他。

小姨夫明知小阿姨不会同意，却背地里请求我陪他去游泳馆。他的理由让我震惊，他说他一直都没学会蝶泳。小姨夫的病情，全家人都清楚得很，理所当然，他哪儿也别想去。我当时想，对于一个生命即将走到尽头的人来说，一个泳姿真的那么重要吗？当然，这些都是后话了。

多年以后，我终于有了答案：真的很重要！只要对生命还有期许，只要还看得见希望之光，只要内心还有温度，只要对生活还有热情，那就一定重要！这是不折不扣、不卑不亢、不可侵犯的生之尊严。

03. 不是夫妻命，却结并蒂果

我母亲每月都会从淮北给外公邮来自家灌制的香肠，外公总要关照家里的阿姨把香肠切得像纸一样薄，他为我那行为不端、心性不定的小舅舅立规矩，一筷子只许夹一片。有时小舅舅不留神一筷子夹了两片，手背上立即会挨银筷子敲打。小舅舅会发出特别奇怪的尖叫，那是越剧旦角才发得出的声音。

小舅舅会弹扬琴，还会跳芭蕾舞，但小阿姨经常警告我，只要看见他脱光了衣服在三楼露台上跳时，那准是又犯病了，要赶紧逃开。我就亲眼看见一回，我没想到他不仅不穿衣服，连鞋子都不穿，光脚跳，那脚尖血肉模糊，脸上却是陶醉的表演状。也就是那天，外公被他一把推下了楼梯。

小舅舅平常到处被人欺负，弄堂里不到十岁的孩子都能把他打得鼻青脸肿，可一旦他发起病来，两个成年壮汉也别想制服他。他若真的疯起来，有大人护我，我反倒不怕，怕只怕毫无防备。

有一天我在亭子间午睡，门没关，外公在楼下。就在我将睡未睡之际，感觉眼幕前无声一暗，睁开眼时，看见一张阴森傻笑的脸，我惊得叫不出声，旋转身子拿脚空踢那张脸。不过只要外公出现就好了，吼上一声，就能把他吓跑。

小舅舅苦命一生，三十出头胃就切除了五分之四，四十岁不到死在了精神病院。

那个暑假，小敏的外婆几乎每天都要带着小敏来我家串门。起先我总是缠着小阿姨带我和小敏去找黛西，但小阿姨总是找得出各种理由来推脱。没过多久，也许是小阿姨实在不忍继续骗我，告诉我实情，黛西去年底就已经不在上海了。

听到这个消息，小敏看上去比我更失望。

谁也没想到，来上海这一住，就住到了过年。就在我生日的前两天，唐山发生了大地震，淮北也处在地震波及范围内。那天我父亲跑到邮电局给我小阿姨发电报，让她暂时不要送我回淮北。小敏的外婆也收到了小敏母亲发来的电报，内容相似。

这年秋天，伟人逝世了。一直到春节，天仿佛就没晴过。过完年，我母亲专程来上海接我和小敏回淮北。当我再次回到淮北的时候，一切都变了。我们家不再住那三排楼了，搬进了茅草屋，低矮，简陋，周遭满目荒凉。

母亲告诉我,那是防震棚,用来躲地震的,楼房现在大家都不敢住了,只敢堆放大件的家具和一些平常不用的东西。搬进防震棚的不单单只有我们一家,包括小敏家在内的全院职工都搬了。听说就连市委书记家也住进了防震棚。现在想来,这是当然,在大自然面前,每一个生命都是平等的。

那一年,物质条件也是不能与之前比。我和小敏的记忆中之所以都没遭过多大罪,那是父母一辈省吃俭用供我们的结果。我母亲本来体质就弱,患有美尼尔综合征和预激综合征,加上茅草屋那种冬凉夏暖、半阴不干的居住环境,她又先后患上了肺结核与慢性胃炎。

六岁半时,我和小敏进了同一所小学。但正巧赶上恢复高考,为了适应九年制义务教育,春季入学改为秋季入学,我们小学一年级补读了半年。感谢那所重点小学,让我很小就接触了足球。

那时我和小敏一起住防震棚,一起上下学,一起被大人们带回上海避风头。到了上海,我们还必定是在同一所小学里借读。

小敏的书包里总备有一块干毛巾,别人只当她是个特别爱干净的女生,可那实际上是用来给我踢完足球擦汗用的。对了,还有她偶尔会到校门口买冰棍,要带回来给我,就用毛巾包起来保温。

二年级的时候,我就和古少锋走到了一块。古少锋和小敏之间并不要好,我是分别跟他们俩玩。我真正意识到自己在渐渐长大,是在我小学三年级的下半年。

我想,我毕竟是个男孩子,不能总和女孩子待在一起。身在他乡,上海小囡之间的相互认同、相互支持还是远远不够的,我也不能总是走不出那片防震棚和三排楼。

与幼儿园里的那次"变心"如出一辙,我再次疏远了小敏,主动去跟本地的男同学交朋友。

连续几天等不到我一起上学,小敏应该已经心中有数。在我放学之后踢球的那块操场边上,再也看不见小敏等候的身影。只有一次,放学后她又跑到操场上来找我,递给我一块干毛巾。她说:"毛巾送给你了,我先回家了哦。"

那是我有生第一次觉得对不起一个人,赶紧追上去。

我说:"我们一起回家吧。"

她问:"你不踢球了?"

我说:"还有作业要写呢,到你家写作业吧?"

她眼睛一亮:"好啊。"

那天我真的到她家做作业,就在她家防震棚外的空地上。临近回家吃饭前,我跟她讲了心里话。

我说:"我要是上下学一直和女同学走在一起,很难为情的,知道吧?"

她诧异地看着我:"那以后就不要走在一起好了。"

我说:"还有,你以后也不要去操场找我了,好吗?"

她说:"嗯!那我们还是好朋友吗?"

我想了一会儿,犹豫地说:"别人看不见的时候,我们是好朋友,看得见的时候,我们是同学,好吗?"

小敏微笑点头,看上去,她乐意接受这个协议。现在回想起来,只要我们之间还有协议存在,无论那是什么,都代表着我们还会有交往,我猜她都会接受。

我的父母,一辈子都很少争吵,在我儿时的记忆里,有限的几次也都和邻家相似,为了当下生活的不如意,为了回上海的可能性,也为了我将来的前途。

在那个娱乐并不发达的年月里,我与小敏有着共同喜欢的电影明星,赵丹和刘晓庆,尽管他们并非同一时代的表演艺术家。小敏在每一期《大众电影》里收集两人的图片,收藏到她的剪报本里,而我则喜欢收集文字。当然,这是要等两家大人把当期杂志看完之后才能做的一件事。大人们若知道这种互补性的存在,定会商量只订阅一份《大众电影》就够了。多年后我把我那本文字剪报送给了她,那时我们才惊讶地发现,两本剪报,图文竟能无缝拼接。

直到四年级的时候,我们纷纷离开防震棚,搬回三排楼。此前的一个暑假,我还是与小敏、少锋分别交往。但和少锋比起来,我渐渐觉得和小敏之间越来越乏味了,她太爱学习,成天拉着我一道写暑假作业。

到了四年级寒假,发生了两件事,让我觉得小敏很有可能是我这辈子缺少不了,恐怕也是甩不掉的朋友。

那天离除夕还有两天,外面正在化雪,异常寒冷。我和附近的小孩正在三排楼当中的空地上玩躲猫猫,有上海小孩,也有本地小孩加入进来。小敏不喜欢玩,就在边上堆雪人。小伙伴们四散躲了起来。

为了在不远离"堡垒"的前提下能捉到人,我爬上了一棵很高的树,那个高度,站在二楼的人也要仰面与我说话。

很长时间过去了,没有小伙伴来攻垒,我蹲在树上快要被冻僵了。

我上树的时候没让小敏看见,可能与我一样,她也觉察到四周静悄悄的好生奇怪,转身来找我,等她发现我的时候,吓了一大跳,仰面惊叫朝我狂奔而来。可就在此时,意外发生了。只听扑通一声,我眼见着小敏一脚踩空,跌进了一个被厚雪覆盖的大冰坑。

我情急之下竟什么也没想,从老高的树上纵身跳下。冬天骨头脆,咔嚓一声,当时腿就摔断了,可我没觉得很痛,就那样单腿跳过去把小敏从冰坑里拖了出来。虽然时间那么短,小敏的嘴唇已经发紫,冻得浑身筛糠,一个字也说不出。

那天我和小敏被及时赶到的大人小孩一道送进了急诊室。

要说我从小就对小敏好,这件事也可以记上一笔。不过平心而论,若不是因为我调皮捣蛋,爬到那样一个令人恐惧的高度,小敏也没必要为我担心,更不会惊慌失色地奔过来……

我有种奇怪的感觉,源于大人间的一句交谈——"唉,都是注定了的,这两个小囡的命是连在一道的。"

我当时在想,从我认识小敏的第一天就发现她是个哭神,后来不怎么哭了,却又像一块泡泡糖一样粘着我。除了功课和我,她似乎没有什么玩伴,就跟以前的黛西一模一样。她大概真的是离开我不行的。

年三十那天，小敏再次坐在我的病床边。

我问她："还记得黛西吗？"

她说："记是记得，就是没见过呀，样子都不晓得。"

我说："她跟我们一般大，你猜她要是回来了，我会跟你们俩谁更要好？"

小敏犹豫了："嗯……应该是她吧，你老是说起她。"

我笑了："我瞎说说的，谁知道呢，反正她也不会回来了。"

这一幕，我到现在印象都还很深。当时意识不到，只是那样一种朦胧的感觉，但实际上那是自我心理暗示。潜意识中，我已经开始把黛西和小敏分别放在天平的两端，而不像以往那样一味借黛西来数落小敏。从那一刻起，小敏正在逐渐取代黛西在我心里的位子。

多了个伤病员，这个年我们家注定是过不踏实了。

过完元宵节就要开学了，可我腿上的石膏还没拆，就在元宵节当晚又发生了第二件事。那天晚上，我躺在里屋的床上，听到有人敲门，是我母亲去开的门。然后房间外就开始哇哇乱叫起来，急得我在里面连声吼："哪能啦？哪能啦？"

可没人搭理我。我听出那是小敏和我母亲的声音，还伴有跺脚的声，楼板都在微颤。等外面安静下来，紧接着又响起小敏伤心的哭声。没多会儿，空气中飘来一股焦味。

原来，这天晚上小敏提着元宵节灯笼欢天喜地来我家找我玩。可刚一进门，她脚下拌蒜摔了一跤。好家伙，人倒是没事，刚买的还没来得及与我分享的兔子灯却遭了殃，顷刻间烧毁。

小敏揉着泪眼,走到我的床前说:"我喜欢那个兔子灯,你都还没看见,就烧掉了,怎么办呀?"

我安慰她说:"没关系的,不就是一个灯笼嘛,我都能帮你做一个。"

她没有被我安慰:"骗人,你腿都断了,怎么做?"

我说:"我手又没断,不过还是等我腿好了再帮你做。"

小敏哭得更凶了:"那元宵节就过去了,还有什么意思嘛。"

我说:"不出正月还是过年,好吧,我现在就开始帮你做,过几天就能做好。"

小敏:"真的?"

我:"我什么时候骗过你?"

小敏:"要和原来一样的!"

我:"比那个更好!"

其实,我连烧毁的那一只是啥模样都没机会看上一眼。

起先只是安慰她而夸下海口,结果在重病期间还真给自己接了个体力活。反正躺在床上也是闲着,我当天晚上就学着父亲的样子开始画图纸。第二天,我让母亲给我带回来芦苇秆、细铁丝、彩纸、糨糊等材料。可以开工了。

第一次扎灯笼,经验相当之不足,交工日期从正月二十拖到二十五,但总算是大功告成了。那只灯笼,我几乎照搬了"红灯记"的结构,料定小敏见到它的那一刻会喜出望外。

但是,当我母亲把兴奋异常的小敏再次引到我的床前时,她的脸一下子就变了,转而背过身去,坐在床沿抹眼泪。

我问:"怎么了嘛,不满意?"

小敏:"满意你个头,明明说好的嘛,兔子灯,兔子灯,你还保证比以前的更好嘞。"

我说:"你不是最喜欢'红灯记'吗?那我现在做的这个就是'红灯记'啊,怎么突然又不喜欢了呢?好奇怪的人。"

小敏转过身来:"'红灯记'我当然喜欢啊,但是你这个差好远哦,你看看你做的这个,丑死了,谁见过花花绿绿的'红灯记'啊?"

确实,那时年纪小,创作能力严重赶不上激情,用色难免随心所欲了一些。小敏轻巧地拎起灯笼,那灯笼也只能如此不争气,当着我的面就散架了。我心想:拜托,就算要散架,你好歹也等我交了货,等人家拎回家散在她家里好吗?

小敏终于哭出了声:"你这个骗子。"

小敏生我的气,史上没有超过一个星期的记录。这一回,三天。

那天放学,她来我家给我认错:"对不起哦,荣荣,我知道你一片好心帮我做灯笼,我还要反过来骂你,真是不应该。"

我把头使劲一扭:"哼!"

小敏拉起我的手,摇啊摇:"我都认错了嘛,好荣荣,别生气了。"

印象当中,小敏在我面前要赖皮是不大有的,像这种不绕弯不含蓄的撒娇,则更是罕见,独此一回,此前此后都没发生过,这让我突然意识到她是女孩。其实我哪有生她的气,但既然人家上门赔罪,我总要等人家行过礼之后才能开口说"免礼平身"啊。

也就是那年春天，小敏的母亲为我母亲做了心脏大手术。很成功。

从这一年开始，我和小敏都不玩灯笼了，每年元宵节我们会去相山公园看花灯，但是太挤了。随后几年小敏总是挑试灯的时候拉我去看，然后在熙攘的人群纷至涌来之前拉我离去。这是小敏教给我的第一条生活智慧——"错峰"。

如今想来，假使世上有一半人也能懂得错峰的妙处，那么错峰的效用便会随之减半，拥挤也缓解一半。而现实中，选择错峰的人永远达不到一半。人一旦决意避开峰值，面前的选项会大增。别人朝九晚五，我却晚八朝二、晚七朝一，随心所欲；别人黄金周出游，憋尿堵在高速路上，我却在长假里赶稿，等返城大军归来后再从容择日，轻松上路；别人聪明地堵在人生的康庄大道上寸步难行，我却愚笨地选一座独木桥绕行，反而先到……就连后来我与小勇的相遇，也属错峰。小勇避开了被追求的高峰，我则迈过了"乱花渐欲迷人眼"的人生阶段。

秋天，我和小敏一道去了以前住过的防震棚。一间一间的屋子都空了，没了人气，更显荒凉。但不知什么原因，暂时都还没被拆掉。我猜，那应该是大地震留下的阴影，万一还有搬回来的时候呢？我家的小菜园也还在，葡萄架上竟结满了葡萄。那是我和小敏一道种下的，葡萄架则是我老爸帮忙搭的。

我们顺着腐朽的竹梯，爬上了人字形房顶，斜躺在葡萄架下，一边摘葡萄吃，一边聊天。我指着菜园边上的那堆陈年竹竿问小敏：

"你还记得吗？我们俩也搭过防震棚。"

确有此事，那是一个很小的，与双人帐篷差不多大的茅草屋，由我和小敏一起搭建，却只存在了一天，第二天就被暴雨冲垮了。我记得，当时我们根本不知为何而建，只图好玩，可等到真的搭成了形，我们却为接下来要拿它派什么用场而发愁。

小敏机灵，她用稻草象征性地扎了一个娃娃。她说，我们就来扮一家人吧，我是娃娃的妈妈，你是娃娃的爸爸。我说，好吧。然后我们就抱着娃娃钻进了小屋，并排坐下，小敏开始假装哄小孩睡觉，我却又发愁了。

我问小敏："那假如黛西要是回来了，也和我们住在一起吗？"小敏一愣，一时答不出，不过没一会儿她就笑了。她说："办家家呀，都是假的呀，你那么认真干什么啦……"

但此刻我却没想到，小敏顺着我的手指望过去，看见那堆陈年竹竿，而后回忆了半天，竟说："不记得了，真有这回事？"

现在回想起来，这是小敏历史上为数不多的谎言之一。她一定是记得的，只不过，年纪又长了几岁，不好意思承认罢了。

小敏说："还好，我们再也不用到这里来躲地震了。"

我说："不地震当然好，不过我倒是很想再住回来。"

小敏不解地问："为什么呀？"

我想了半天，只憋出了两个字："自由。"

04. 梦想未遂

1982 年秋，我和小敏考上了同一所省重点中学。但同样是录取，她的分数第一，我和少锋却刚过录取分数线。从那以后，我和小敏就不再同班。

初一到初二，社会发生着巨变，是躲在象牙塔里的我们略有感知却无法理解的巨变。我们仅能体会到，那是一个流行文化萌芽的年月。人们似乎在一夜之间觉醒，发现除了伟人语录之外，还有太多的东西可以流行、值得流行，更重要的是允许流行。

书籍、歌曲、电影、衣服，甚至不雅的口头禅都可以流行。那时的人们只谈流行和效率而避谈精神与信仰，直到十年后，才有人羞答答地提出了"危机论"。大家都忙着赚钱,那是与单位工资性质不同的钱。其实大了才懂,在这个星球上的某些地方,人们即使没有银行存款,凭一份退休金也能过得很体面。而在另一些地方,即使天天抱着财神的大腿,也永远缺失安全感。

追随着武侠手抄本,我先后练过"十八罗汉拳""醉拳""形意六合拳""八卦掌",就差没敢练"铁头功"了。我当时想,这辈子我恐怕不会惨到要靠铁头开碑和胸口碎大石为生吧。不管怎么说,浪迹天涯、行走江湖的梦必然是从那时开始的。

小敏的成绩一直都是年级前三,她的英文特别好。老师问,父母问,我也在问,为什么同样的起点,她就这么好,我却记不住单词也跟不上课程呢?老师给出的结论是我不如小敏那么用功。小敏却私下里悄悄告诉我,她英文不敢不好,因为她将来要去美国找她父亲。她母亲也曾在我家当着我和小敏的面与我父母讲玩笑话:"英文学不好,将来被美国瘪三卖掉。"

可我觉得他们说得都不对,这定然与天赋有关。爱迪生曾说:"天才就是1%的灵感加上99%的汗水,但那1%的灵感是最重要的,甚至比那99%的汗水都要重要。"上下几代人,只知道爱迪生的前半句,教育者一定认为,小孩子只要了解前半句就足够了。我就曾怀疑过,若不是那只自由落体的苹果恰巧砸中牛顿的脑袋,砸出了灵感,就算他老人家天天练铁头功,汗流成河,就能发现万有引力了?

回想整个求学生涯,我对那些需要死记硬背的科目始终缺乏兴趣,当时觉得自己太懒,怕苦,同时也觉得死记硬背的能力与聪明不搭界。直到多年后,我写了一篇谈中国式教育的文章,在"意识替代"一节中说:"我们强迫孩子用死记硬背替代想象与创造,所以我们易中天多,而陈景润少,甚至一万个易中天里挑不出一个陈景润。"这讲的是现在,而在当年,我们面临的直接问题是,易中天和陈景润一样少,只有港台明星最多。

那两年,我依然踢球,对功课依然漫不经心。从小学到初中,我的身边已聚拢了一大帮壮如小牛犊的球友,古少锋就是其中之一。

那正是我需要的,包括"习武练功",也都是出于相同的目的。那年月,淮北的治安不理想,一条街从西逛到东,遇上两三起群殴那是稀松平常事儿。回到校园里其实也不太平,大约都是太平天国年间捻军的后代,别看小小年纪,出手都相当彪悍,迅速集结,打完就散。

但少锋只练"七十二路小擒拿"那一类实用格斗技巧。那个时候我把武术看得很神圣,是个严谨的学术派,所以对他的所为严重不屑。

我说:"你怎么能不练劈叉、下腰、马步和空翻?"

少锋说:"那顶个屁用,真有人犯我,劈脸挠、抓蛋蛋,几下就解决了,我劈叉干啥?方便人家踢我脸吗?"

后来他的话竟然应验了。

那是我的武术启蒙老师,一位大学毕业刚分配来我校的实习老师,我不叫他老师,称他为师父。那天师父正在操场上教我们一帮孩子蹲马步,遇见校外一帮小痞子来校内打篮球,看师父不顺眼,就要跟他练练——单挑。

开头的时候,师父来了个白鹤亮翅,又摆了其他几个很漂亮的姿势。我们一帮小孩当时就沸腾了,呐喊,喝彩。但一近身就明显感觉不对了,师父竟被小痞子两三下就放倒在地。那个小痞子所用的招数跟少锋说的如出一辙,劈脸挠、抓蛋蛋。更为恶劣的是,他还用砖头拍。

现实太残酷,从那天起,我不去操场练功了。我敬重我的师父,但我对博大精深的武术产生了怀疑,很迷茫,也很失望。

后来,头上缠着好几层纱布的师父找到我,语重心长地跟我说:"我为人师表,自然是不能出手伤人的,其实当时我还有迷踪拳没使出来。"

师父见我没反应,接着说:"你知道'武'字怎么写?它是'止'和'戈'两个字构成的,所以武术的最高境界不是争强斗狠,而是……"

还没等他说完我就起身,一抱拳:"师父,我懂了。"

从那以后我再也没有练过劈叉,先于其他孩子,我的武侠梦就那样破碎了,我再也不幻想有一天能够飞檐走壁,因为就连我的师父,跳高都还跳不过高年级的体育尖子。

再看市体校武术队的那些孩子,在地上翻滚摔打,一套拳下来把自己滚成个泥球,打的却是空气。好不容易观摩到刀枪对打,教练会随时喊停,就跟说戏一样指点孩子。这一枪戳出去的时候位置要再高一点,这一刀往上架起的时候马步要稳,接着要在地上滚一圈,给使枪的小伙伴腾个空当,做一个漂亮的空翻……

直到后来读高中,我开始跳起了霹雳舞,那时我才发现,以前跟师父练过的那些基本功竟然全都用得上，空翻、鲤鱼打挺、乌龙绞柱……于是我在心里感叹，老祖宗的通假字可真高深啊，明明是"舞术"，偏要写成"武术"，最后还要追求一下"止戈"的精神境界。

从那以后我明白一个道理。人是不能没有梦想的，梦想是牵引力，梦想也是导师，但梦想也得接地气。身在地球，咱就不能违反牛顿三定律，就得明白人类的能力极限暂时还走不出凌波微步。

人要尽可能让梦想接近现实，好让现实去追赶梦想。暂时的挫折不可怕，只怕非但没有战胜它的勇气，反而频频与之讲和。可在当时，我确信自己只有幻想，而没有梦想，理想更是无从谈起。

初一下半学期，我又跟着音乐老师学起了吉他，同时跟数学老师学起了围棋。这些爱好我父亲都不反对，甚至愿意带我去商场选吉他、置棋具。但他曾经的一句评语让我非常不服气。

他跟我母亲说："这孩子无论做啥，看上去都蛮有天赋，唯独怕吃苦，这样下去成不了大器。"

为了颠覆这个武断评价，我下了狠心，尤其是练琴这件事。我在老师家弹，在自己家里弹，在课间弹，在文艺会演上弹。直到后来高二的时候参加市里的比赛，获得器乐组西班牙古典吉他冠军。我的父亲终于坐到了我的对面。

他平静地说："你用你的琴向我证明了你确实有一些我忽略的品质，但是我现在要求你把琴暂时放一放，要为高考做准备了。"

后来直到大学里我才有机会再次摸琴。但从那时起，我不再练习一板一眼的古典独奏，玩起更新鲜的，弗拉门戈、爵士、民谣、匹克。

直到大四那年又组了乐队，玩起了主音吉他。当然，这些都是后来的事了。直到今天，结果已然摆在眼前，我的身边没有一把吉他，却添了一把乌克丽丽。

初中那会儿，我也在小敏家弹，只弹给她一个人听。当小敏清澈的瞳眸中流动着异彩，我就知道她着了迷。

她说："应该没有哪个女孩子会不喜欢一个吉他弹得这么好的男孩子。"

我不以为然，感觉她完全抓不住重点，光女孩子喜欢有啥用，我要的是父亲点头，老师赞许，同学们鼓掌……那才称得上成就感。说到底，那个时期我还没有开窍，爱出风头、爱表现，并非为了吸引女孩目光，博她们好感。踢足球也是一样，我就觉得那是个很有趣、很刺激、很阳刚的游戏，不在乎有没有女孩子欣赏。

曾有一次班级赛，我们班女生一个也没来加油助威，班上球友都感到泄气。我倒没觉得有啥区别，在失了好几球之后对队友们萎靡的状态很不理解，朝他们吼叫，让他们打起精神来。

终场哨声响起时，古少锋拍着我的肩膀跟我说："你就别抱怨啦，我们跟你能一样吗？我就不信你没看见，你家小敏一直在看台上。"

我当然知道她在，从头到尾都在，尽管如今她跟我不在一个班，可每回有我出场的比赛她却都会来看。她总是孤零零坐在最边上，每次比赛结束我都未必过去找她讲话。可那又怎样？我还是不理解队友们的表现。

到了初三的时候，我发现小敏变了，行为举止与之前判若两人。

特别是我每次去她家的时候,更古怪。以往我都是敲开大门直接进她的房间,但突然有一天,我发现我得敲两道门才能见到她,第二道是她和她姐姐共住的那间屋。我断定她是知道的,因为除了我,不会有人来她家里找她,可她几乎每次都要让我在门外等上好半天才来为我开门。

我觉得她是故意的,越来越不把我当朋友。每回我这么说,她都是很委屈的样子。多年以后我才明白,那个年纪的女孩和男孩差别很大。

这个时期的小敏,哭是早就不哭了,却变得沉默寡言,即使跟我在一起,话也不多。曾有那么一阵子,我甚至开始讨厌她了。她的话本来就已经很少了,还经常会夹一些英文单词,我一句话要听半天才能懂。

我觉得她毛病越来越多,爱显摆,也太崇洋了。不过好在我一直知道,她怕将来被美国瘪三卖掉,狠钻英文,所以就在心里原谅她了。现在回想起来,那时的我真是既无知又无趣。

穿三十元的足球鞋,脚疼,未必能进球。穿三百元的足球鞋,满场跑的话脚上也起泡,也未必能进球。关键在于横竖脚都疼,都进不了球,那穿三百元的鞋至少就不会怪鞋差了,心理平衡,天下太平。

那年冬天,我在商场看上了一双阿迪达斯足球鞋。进口货,黑色牛皮的,鞋底的皮钉可任意拆卸。用现在的话来讲,那叫"炫酷跩"。它的标价令我刻骨铭心:三百十二元。

那个年代,三百十二元对一个初中生来说无疑是一笔巨款。那

164

双鞋,是我青春期里最大的一个虚荣心。可我又怎么有机会得到它呢?我不知在运动品柜台前徘徊过多少次。终于有一天,我鼓足勇气让售货员把鞋子拿出来给我试穿。

售货员没多想,拿给我了。

我终于把它穿在脚上,那刻的心情,好比如今出身贫寒的拜金女终于有机会把身体塞进兰博基尼的肚子里,可只是一小会儿,终究还是要被兰博基尼吐出来。与拜金女一样,无论我在柜台前怎么磨蹭,终究还是要把那双鞋脱下来,恭恭敬敬交还给售货员。

接下来,我隔三岔五就会来,仍然徘徊很久,鼓足勇气,恳请售货员阿姨把鞋子拿给我试试。终于有一天,阿姨实在忍不住了。

她说:"小家伙,你以为我认不出你?你看你把我的鞋子都穿旧了,也还是买不起,为什么不带大人一起来呢?"

我羞得满脸通红:"阿姨,我肯定是要买的,我有钱,出门的时候忘带了,鞋你给我留着。"

阿姨笑笑:"最后一次了哦,下次记得带家里人一起来。"

这件事,这双鞋,我跟小敏不止一次提起过。她听完很好奇,究竟是怎样一双魔鞋如此勾魂摄魄,令我念念不忘以至害上了相思病?后来她主动提出要陪我去柜台看看那双鞋。

本来我也就是想把心情跟小敏分享一下,若再去那柜台就太丢人现眼了。可经她这么一提,又勾起了我的念想,哪怕去看一眼它还在不在呢。

我真带小敏去了……

阿姨见到我们，对我说："小家伙，你以为我认不出你？"

我壮起胆来说："阿姨，我就来看看，总可以吧？"

阿姨说："可以，但你家里人要不跟着来，试穿都甭想了啊。"

我说："阿姨，我带我妹妹来了，我妹妹有钱，这双鞋肯定是要买的，我先带她来看一看。"

没想到小敏腰杆一挺："嗯嗯！阿姨，我是他妹妹，我有钱！"

阿姨突然大笑起来："这兄妹俩可真逗，好吧好吧，尽管看吧，但你要不把钱拿出来放在柜台上让我看见，试穿也是没门，你瞅瞅，好好一双新鞋，都被你试成啥样了。"

回到小敏家，她说："我们把那双鞋买下来！"她一脸认真，不像是在开玩笑。

我心酸："唉，当然想啊，可我哪有那么多钱！"

"你没有，我有！"

"啊?！不可能，你哪来那么多钱？三百十二！不是三块一毛二！"

小敏不作声，走出自己房间，不一会儿回来，手里捏着一叠粮票。我明白了，她是想"借"自己家的粮票，拿到贩子那儿换钱。

"不行不行。"

"为什么不行？"

"粮票换钱很吃亏的，外加这是你家的粮票，你妈妈知道了，你不会有好日子过。"

"这些都不要你管，现在就去商场门口换钱，你去不去？"

我坐在小敏的床上，挣扎了半天，还是没能抵挡那双鞋的诱惑，跟她出了门。许是天太冷的缘故，平常三三两两出没于商场门口的粮票贩子今天却不见踪影。后来好不容易等来一个，兜里又没带够现金，只能兑一半。那就继续等。

　　寒风中，小敏缩起脖子，脸冻得通红，跺着脚，搓着双手，不时凑近嘴边哈气，四下张望。

　　望着她，某一刻我竟恍惚，眼前这个女孩子压根就不是小敏，而是出身本地人家的丫头。上海小姑娘这会儿一定都舒舒服服地焐在暖房里读书写字，怎会在这哈气成冰的户外陪我守候粮票贩子？可她偏偏就是小敏，只不过与从前那个娇囡不同了，如今她最要好的朋友需要帮助，不惜吃她从未吃过的苦头。

　　我们等来了另一个粮票贩子。一番讨价还价，我们从那人手中换得210元钱，令我们瞠目结舌的一大笔钱，却仍旧差了好远。我突然想起，虽找不着自家的粮票，但我知道父母房间里有好几本集邮册。

　　小敏又陪我回了趟家。我翻箱倒柜找到了三本集邮册。保险起见，我取了两本，心想总该够了。接着我们又跑到邮电局门口。一大帮人围了上来，小敏也被围在当中，她怀抱一本集邮册护于胸前，在人堆里被推来搡去，满眼无助与惊恐。又一番讨价还价，两本集邮册总算全出手了，换得一百八十元。

　　我和小敏再次赶往商场，她明显跑不动了。我开始后悔今天所做的一切。

当我们回到柜台前,商场几乎就要打烊了。小敏气喘吁吁跑过去,把钱往玻璃柜面上一押:"阿姨,麻烦您把那双鞋拿出来,我想看我哥穿上好不好看。"

阿姨笑容满面:"真的哎,妹妹真的有钱哎,好的,稍等。"

我再次把那双鞋穿在脚上,小敏在边上一个劲地夸好看。我却发现它浑身上下全是缺点,简直一无是处,根本没道理卖那么贵。

"当初真是瞎了眼,试了那么多回都当它是宝贝。"我变卦了。那一刻,我厌恶这双鞋。

"你说什么?"小敏自然不会明白。

我把鞋子脱下来,还给正等着开票的售货员,一脸抱歉:"对不起阿姨,给您添麻烦了,我又不想买了。"

说完我一手抓回柜台上的钱,一手拉起小敏,往大门口逃去。

背后传来阿姨的骂声:"真是两个小骗人精啊,好好的一双新鞋,试了十几二十回了……"

一口气跑出商场,小敏使劲挣脱我的手,站住了。她朝我吼:"你发什么神经?好不容易凑够了钱,你说不买就不买了?"

"对不起,我只是突然又不喜欢那双鞋了,感觉好难看。"

"你就是个神!经!病!"

"好好好,随便你怎么骂我都好,但这个钱你得拿回去,就跟你妈说,我借了你们家粮票,然后没粮票还,用钱抵的。"说着我把钱塞进她上衣口袋。

小敏怒火冲天,咆哮,从口袋里掏出钱来往我身上扔……我们当街纠缠了许久。最后我总算说服她了。

当天晚上，我主动把这事告诉了父亲。

父亲说："你最后还知道把钱还给小敏，这是唯一值得肯定的……但我没想到你会用这种方式去得到你想要的东西，跟你讲过很多遍，超过半数孩子有的，你也可以有，个别情况，即使别的孩子都没有，只要是健康的、必要的，你也可以从父母这里得到，吉他、云子围棋、琴谱、棋谱，都可以，但是孩子，足球鞋你有几双了？三百十二元一双的足球鞋，只能满足你的虚荣心，而不能让你进更多的球，对吗？"

对极了，我低下了头："嗯。"

父亲沉默良久，接着说："另外还有，那三本集邮册将来都是打算送给你的，你没发现我早就不往里面添新票了吗？不过现在说这些已经晚了，卖掉的东西追不回，那剩下这一本我现在就给你，你留着，将来遇到再大的事儿也别卖了，二十年后再拿出来看，到时候自己算算这笔账，就当给自己上了一课。"

那晚，小敏回家后跟她母亲撒了谎，绝口不提我的名字，所以她母亲至今都不知道卖粮票的事与我有关，更不知道此事背后藏着一双未遂的足球鞋。

05. 叛逆少年的避难所

次年，我和小敏一起考上了这所重点中学的高中部。小敏还是高分录取，而我还是刚刚迈过分数线，我和她也还是没能分到一个班级。不过我总算有一门功课能与她旗鼓相当，那就是语文。

暑假后开学，我们迎来全国高中第一次军训。同学们都很兴奋，我却在新鲜之余感到很不自在。军训期间管束很严，不自由，还要考核。我仅在最后一项实弹射击中表现出很高的积极性。当然成绩也不错，10 发 98 环。

一天军训间歇，有个同学太累了，在海绵垫上睡着了。大家没有叫醒他，用另一块海绵垫把他盖起来。后来教官回来了，列队，训了半天话,这小子终于被教官洪钟般的嗓音震醒,像只毛毛虫一样从海绵垫下蠕出来,把五大三粗的教官吓一大跳。

那位同学被罚站整整一下午。太阳暴晒,泪流干了飙汗,汗飙完了淌油……

多年以后,一次高中同学聚会上发生了高度近似的一幕。还是那位"毛毛虫"同学,百感交集,喝大了,忆起当年同学们的恶作剧,大吼一声:"同学们,你们不仁义啊!"然后就醉倒了。这位同学如今已是大学教授,姓方,方教授。

同学们可不管,还是很默契,不叫醒他,找来几把椅子一拼,把他抬上去横躺下来,摆出卧佛体姿,嘴里还给他戳上一根烟。然后大家在方教授的背后齐刷刷站成好几排,庄重地错身侧立,那是不输给毕业照的强大阵容。经过好一阵酝酿,每张脸都洋溢着毕业季的喜悦,就这么合了一张集体照。

那次同学聚会,我在上海,小敏在瑞士,都没能参加。那晚我点开朋友圈看到聚会照片,笑得下巴脱臼,小舌头抽筋。后来听一位徐姓同学说,那晚还有另一个故事。

几个男同学先是把那张合影用微信发给了方教授的爱人,然后声称一道送他回家。他们让出租车开到方教授中学时代梦中情人的家门口,把他放在门边坐稳,按响了门铃。门内传来一个极不耐烦的男声:"这么晚,谁啊?!"几个家伙只留给方教授一句话,"兄弟,哥几个只能帮你到这儿了",然后撒腿就跑。

这帮同学,其中有些当年也与我相似,来自祖国各地,父母或是知青，或是支内。若干年后，他们通过考学的途径带上父母又离开淮北，分布到全国乃至全球各地。淮北其实没有真正意义上的原住民，最近也要到濉溪一带才能找见。

"留得青山在，不怕鬼敲门。"这是当年我经常挂在嘴边的一句口头禅。与之配套的还有一句："早起的虫儿被鸟吃，小心驶得万年床。"

高一是我长个的一年，小敏也出落成眉清目秀的大姑娘。

小敏的姐姐结婚了，但房子紧张，住在了娘家。小敏的母亲请人帮忙，在外面院子里搭起一间平房。小敏搬进了平房，她和姐姐共住多年的那个房间就成了姐姐的新房。我家搬到父亲的科研所附近。

我被选入校足球队。队里有几个孩子与社会"有染"，带进不良习气，抽烟、喝酒、打架、推牌九、看港片、追女生。一个个整得跟二五八万似的，你是地球球长，我是银河系主任。渐渐地，传染了一大片。我也不例外，不过幸好我只参与打架，其他事儿我不干。

那个时候，即便是孩子之间，即便是有教练带着，踢的也还是野球。从场内肢体摩擦，到队员纠纷，再到场外吆五喝六大打出手……还没等我把高一念完，足球队已变成一支混世魔王的队伍。校内校外沆瀣一气，令人闻风丧胆，后来更是打出校门打向了社会。队里有几个瞒报年龄的体育特长生，体格与成年男子相差无几。

小敏一次又一次告诫我："你正走在一条危险的路上，你不能再和那些人混在一起了，也不能再去录像厅了。"

我给她的回复简要而潇洒："人在江湖，身不由己。"那个时候没有《无间道》，不然我估计她定会回敬我："出来混，总是要还的。"

小敏气不过："我都不明白你为的究竟是什么？江湖？意义在哪？"

我说："行走江湖，为的是劫富济贫，惩恶扬善，路见不平，拔刀相助。"

小敏："一套一套的，外面我不晓得，就说学校里，要没有你们这帮小霸王，大家都会很太平，根本不需要谁来行侠仗义。"

我无言以对。如今回头看，在那个善恶混沌、是非不辨的年纪，我们这代人受香港的商业娱乐毒害太深了。每一个不安分的少年都注定要闯祸。事发在高一临近结尾的那个春夏之交，当时我们足球队的势力已大到打遍西城无敌手。

一天傍晚，一个名叫潘刚的队员跑到我宿舍里告诉我，他被人打了，对方是技校的韦二毛，没人敢惹。我问他队长知道这事吗。他说正因队长已失踪好几天才不得已来找我这个副队长。

我没细问，也没多想，大吼一声："这是骑在我们一中头上撒尿，不能忍！绝不能忍，赶紧着，把我们的人全给我找过来。"

没一会儿工夫，那小子呼啦啦给我叫来三十多号人，宿舍待不下，全站在走廊上，我大致瞄了一眼，球队骨干都在场，生面孔更多。这阵仗顷刻间点燃了我的热血，我让球队骨干全进屋，其余的人在走廊上等。

我说："队长不在，现在我主事，技校那个二毛我忍他不是一天两天了，专拣我们一中的人欺负，以为我们是软柿子吗？这回我们要么就装孙子不去动他,去了就要把他的窝给端了,你们想怎样?"

"端他窝!"异口同声。

我说:"好,我想了一下,技校离市区二十多里路,去一趟不易,万一二毛那边人多,想回头搬救兵都难,那我现在给你们一节课时间,都出去拉人头,多多益善,还有,关键是少锋,赶紧去找车,要卡车,吨位要大。"

大约一个钟头后,男生宿舍楼下已集结了七十多人,乌泱泱一片,群情激愤,把前来宿舍巡视的年级主任都吓跑了。

少锋的车也找来了,两辆军用卡车。

我咬了咬牙,从床铺上拎起一根"敌敌棍"就下楼了。边下楼边喊:"不等了! 都跟我上车,到技校,干二毛!"

这注定是一个腥风血雨之夜,但我猜到了开头,却没猜中结局。最终被打得屁滚尿流的是我们。问题出在我们的队伍里有二毛的哥们,那小子得到消息,趁我们拉人头的工夫,骑自行车赶去技校报信。在我们奔赴技校的途中,二毛那头也在技校内外拉人。

这一晚所发生的一切,人们没有机会在第二天的报纸上看到哪怕只言片语。那一晚,我终于变成了当年操场上两三下就放倒我师父的那个痞子王。我遍体鳞伤却不能回宿舍。那时淮北没出租车,我徒步二十里回到市区。一路上我左思右想,只有小敏家可以去。我咬了咬牙,"留得青山在,不怕鬼敲门"。

当我来到熟悉的三排楼,已是深夜十二点钟,小敏的屋子竟还亮着灯。我在平房外面敲她的窗户,里面传来小敏警觉的声音:"谁?"

那一刻,我就像个从风暴中归航的水手,全身心融化在安全的港湾。

小敏见到我的那一刻,差点没失声叫出来。我赶紧进屋,反手关门。一双惊恐的大眼睛盯着我:"怎么会弄成这样? 又打架了?"

我点头。小敏赶紧摁我坐下,浑身上下帮我检查伤口,一边看一边抹泪。

我说:"拜托你别滴到伤口好吗? 本来没事,这会被你眼泪螫得疼死。"只有在她面前,我才变得肆无忌惮且又娇弱不堪。

小敏平静下来,她告诉我,大大小小一共十二处伤。我看不见的地方,她就用两面镜子照给我看。她轻手轻脚去母亲房间取来药箱,又打来一大盆热水。可就下手处理伤口之际,她的手却顿住了。

她说:"我知道,没用的,我今天帮你包好弄好,明天其他地方还是要开花,索性就随它去吧。"

我说:"小敏,这回我是真的怕了,只要你帮我渡过这个难关,我一定听你的话,退隐江湖,专心功课。"

小敏被我的"退隐江湖"逗笑了,转而又绷起脸来:"你敢发誓吗?"

我郑重举起手来,可还没开口,那只手就被小敏摁了下去:"好啦,我相信你了,我有办法帮你渡过难关,但你不要忘记自己刚才说过的话。"

小敏就是小敏,她的锦囊里永远都有我需要的一切智慧。

小敏的母亲对她一向放心,平常没事不会往她的房间跑。这一晚我就在她的床下打地铺睡了个囫囵觉。第二天一早,小敏把一天

175

三顿饭钱交给我,让我带上她为我准备的书本去图书馆混日子,一直到晚上八点钟之后才许来敲她的窗。

这一天,小敏也没闲着。她先跑去找我的班主任,为我请病假(急性肠胃炎)。她去得可真是时候,班主任那会儿正在办公室接待来校了解情况的两位派出所的同志。然后小敏又去我教练那儿帮我请了假。

像小敏这样人见人爱的学生尖子,所有老师的宠儿,只消她开口一句话,便是金科玉律般的担保。最后她又去了我母亲的门诊,告诉母亲我周末学校有集体活动,还要补课、训练,就不回家了。我母亲信小敏,更是无话。

一个星期后,当我换上小敏为我准备的干净衣服,出现在教室和宿舍时,我知道这个难关已经渡过了,真有种脱胎换骨的感觉。我在心里给小敏鞠了一躬,她就是我的避风港、收容站、避难所,甚至是保护神。小时候总以为她没我不行,现在看来,是我一离开她就会出问题。

我的青春,讲出来也许会令很多人大跌眼镜。与我互动过的读者可能会天然地以为,有小敏这样一个恬静的女孩相伴,我的青春理应阳光灿烂,甚至不乏浪漫。即便间或离经叛道,也绝不至于走过这样一段邪路。

我只想淡然地说,时代在我身上留下的印记要比同龄人更深些。我坚信万物平衡,我的青春有多么峥嵘,有多少磨难,代价有多么惨重,我未来的天空也就有多么高远。

按照与小敏的约定,我自觉自愿地远离球队那帮人,除非代表学校出去比赛,平常很少再去参加训练。我把大多数精力放在了功课和练琴上。

　　受伤那晚,小敏跟我说了一番话,对我触动很大。是她再次为我强化了梦想与幻想的本质不同。

　　那晚小敏的情绪本已稳定下来,可当她端起脚下那盆为我擦拭伤口的热水正要出门时,又哭了。那盆水殷红一片,已成血水。她放下盆,坐在床上哭了一会儿,咬了咬唇,又摇了摇头,还是起身倒水。等她再回来时,一眼瞥见我放在门边的"敌敌棍"。

　　小敏:"你这根棍子是做什么用的?"

　　我:"拐棍,没见我受伤了吗?"

　　小敏:"说正经的!"

　　我:"那你以为是什么? 我的兵器啊,'敌敌棍',当然是打架用的,你别小看它,这可是用千年寒冰铸造而成,威力无比,又闯不出大祸。"

　　小敏:"你这几年唯一的长进就是吹大牛的本事,千年寒冰? 就算是万年寒冰,也是水分子结构,常温下一小会儿就化了,怎么能变成一根钢管?"

　　我:"哦,幻想一下行吗? 你不也一心想要去美国找你爸爸?"

　　小敏:"拜托,不一样的好吗? 我那是心愿、梦想,我正在一步步实现。你呢? 你幻想到老,那还是一根钢管,你拿着它,再努力也成不了大英雄,只能是小混混,将来变成老混混,这样下去,无论上海的哪所大学,我看你都考不上。"

我:"那我未必非要考上海的大学。"

小敏:"啊?那你不考上海的大学又考哪里的?我们从小就读同一个学校,到了大学,就算考不进同一所,总归也都是要在上海的呀。"

我:"唉,你以为我不想,我哪有你那个本事啊,尽力而为吧。"

我已记不清这是小敏第几次对我表达失望了,但这一次不同,她的话不再留有余地。

高二开学后,过了很长一段时间,我才把我和钟艳的事告诉了小敏。我说了那次打架因钟艳而起,还说了我与钟艳在中功讲座上认识,唯独把小旅馆那一段给隐瞒了。不过尽管如此,小敏依然说我有早恋倾向。

我委屈道:"这不没发生嘛,要真有什么我也不敢告诉你。"

小敏一脸认真:"说真的,要真有什么,你必须告诉我。"

我:"为什么呀?"

小敏:"不为什么……我有权知道。"

我笑了:"你呀,光盯着我说,我猜如果不是我凶神恶煞一样守在你边上,不定有多少人排着队追你呢!谁早恋还真说不准,嘿嘿。"

小敏也笑了:"凶神恶煞,人见人怕,你自己也知道啊?唉,你大概最多也就派这点用场了。我要的就是这样,你就守着我,很安全,很开心,不过我跟那个钟艳不一样,我可不想谁为了我去打架。记住哦,下次再闯祸我不会帮你了,不管什么理由。"

我心想,祸是一定不会再闯了,可我真要有事,她不帮才是怪事。

回想那段时光,似与她做过半世夫妻。无论我想要什么,我深信她都愿意给;不管她遇到怎样的劫难,我也会舍身相救。但我们还是只能保持最亲密的伙伴关系。无论出于何种需要,让我牵她、扶她、背她、抱她,都是天经地义,自然而然,毕竟我们从小就是这样一起过来的。可那些全都不在两性关系范畴内,更是远离爱情的内核。

高二临近尾声,小敏要离开淮北回上海。消息来得很突然,说走就要走了。那天我把她送到车站后回家,她追出老远叫住我。面对离别,与当年小黛西扔鞋子如出一辙,她摔了行李箱。

我自以为很了解她,可这突如其来的疯狂举动让我目瞪口呆。当年与黛西分别时我只有五岁,被大人善意地蒙在鼓里,难以预知一别多年无法相见,因而没为黛西流过一滴眼泪。可今时今日面对小敏,我却能清晰地预见,这一别将意味着什么。

我突然怕极了,我怕真的像失去黛西那样再次失去生命中无以替代的人,我慌乱间扔掉雨伞,冲上去,有生第一次抱她入怀。

我说:"小敏,你相信我,开头不适应,慢慢会好的,你比我有出息,要更加用功读书,我会去上海看你,将来你去美国留学,说不定我也可以申请陪读的。"

小敏已泣不成声,十指死死地扣在我腰后,仰面望我:"真的吗?"

她的脸上,雨水和泪水交织,分不清哪一滴是她为我流的,哪一滴又是老天为我们流的。我轻轻拨开她额前的发丝,第一次,也许是最后一次用尽全力地端视她的脸。"真的!"

她从随身包里取出早年我送给她的那只"红灯记",交给我。"还是要还给你,你说过的,将来黛西回来,你也还是要还给她的。"说完就哭了。

　　她知道我已经好多年都不再提黛西的名字了,还与不还都不再重要。可她不知道,十五年后,我真的有机会再次见到黛西,而且真的将"红灯记"物归原主。

　　那天送走小敏,回到家,有生第一次,我把头蒙进被子,痛痛快快大哭了一场。我在心里说:追梦去吧,我的好姑娘。

06. 两小无猜，童真永驻

受益于通信与交通日益发达，这么多年来，我与小敏从未断过联系。

1993年，小敏考托福去了美国洛杉矶，后在纽约认识了她现在的老公 Tom，一位英俊的美国人。第三年，他们生下了女儿 Coco，此后定居在旧金山。

2002年我去美国看望她们母女时，顺便成了 Coco 的"过房爷"。当然，Tom 是不会理解什么叫"过房爷"的。后来小敏是这样跟 Tom 解释的：上海话，就是教父的意思。我当时一惊，谢天谢地，只要不是邪教就好。

Tom 就职于联合国纽约总部,曾有那么几年,他要一周两次乘飞机横跨美国去上班。2008 年,出于工作需要,小敏携 Coco 及刚满周岁的儿子,随 Tom 一道移居瑞士,那是联合国位于日内瓦的欧洲办事处。

　　前年我去瑞士,走了日内瓦和琉森两座城市,却很可惜没能联络上她。她有一个习惯,只有回到上海才会临时借用她母亲的手机,而在美国和瑞士,她从来不用。等我想起她前两年留给我的固定电话时,那号码好像早已易主。

　　这样算来,我与小敏上次见面是在 2008 年,他们全家搬去瑞士之前回上海看望过家人——母亲、姐姐。那年我与她都是三十八岁。

　　那次我们聊得最多的还是她在美国的生活。当然,由于我的大姨妈一家也住在旧金山的缘故,她自认为还有责任跟我汇报 Sun Set District(日落区)一带的治安状况、不动产行情,以及她感兴趣的见闻。值得一提的是,她关注不动产并不久,单纯是因为她全家即将离开美国去瑞士,她的关注便有了用处——她和 Tom 眼下正在处理旧金山的房产。

　　那天,我们一同用完简单的午餐,她问我方不方便陪她一道参加一个聚会——她的几个大学同学,都在上海发展,与她多年不见,这次小敏回来,大家便相约一聚。我欣然应允。但谁也没有想到,半个钟头后,我们没和她那几个同学一道晚餐,而是匆匆钻进了出租车,逃亡一般离开了聚会现场,其状可谓狼狈。

　　小敏完全没想到会是那样一个场面。她说:"这几位同学,当年都是与我特别要好的姐妹，我去美国前，都来为我送行，就在路边一家很不起眼的小饭店，那是一场抱头痛哭的离别啊，可这么多年过去了，再次相聚却要租用那么豪华的一间会议厅。"

其实一开头我就辨别出这间豪华会议厅是由哪位姐妹操办的，因为她是那样惹眼，那样急于被辨认出来。她是一位带着管家(兼司机)，抱着鹿娃娃(名种犬)姗姗来迟的贵妇人。她第一时间就让小敏明白了，她已嫁入资产过百亿的豪门。

这一重要信息甚至无须贵妇亲口传递，自她一出现，姐妹们纷纷离座，众星捧月一般围上去，不愁没人为小敏介绍她如今无上尊贵的身份。可那位贵妇人的眼睛甚至都没离开过怀中的鹿娃娃，母性十足地撸啊撸，尽可能表演得若无其事。

接下来的半个钟头，小敏和我一样度秒如年。大家聊的话题只有老公、孩子、房子、车子、牌子、投资——小敏当然完全不了解，这些都是这个年龄段的中国女人的焦点——可偏偏就是没人关心小敏在美国的生活，仿佛所有人都忘记了今天究竟是为何而聚。

后来，大概是出于主宾礼节，只有那位贵妇人开口问了一句："怎么说？小敏在美国过得还好吗？"

可还没等小敏把居住在旧金山的那条街道交代清楚，又被贵妇人抢过话去："美国我是每年都要去的，Jack在那边有生意，我去呢，主要也就是买买东西，玩是早就玩够了。Jack经常会让我一个人四处去转转，可我偏不。你们猜我怎么跟他说？我说是不是我不在的时候更方便你搞花样啊？哈哈哈，每次他都要跟我发誓不会。其实

Jack这人你们是知道的，真正放他出去，也搞不出什么惊天动地的花样，他是真的有生意上的事要忙，怕我一个人闷出毛病来。不过我倒是真的需要反省了，经常这样其实也不好，最高明的驭夫术应该是欲擒故纵，这些你们懂的。"

傻瓜也懂了，贵妇人嘴里一直念叨的Jack便是她那身家百亿的老公了。

眉飞色舞间，贵妇人与小敏木讷的眼神不经意地对接上了，突然意识到跑题了，努力把话拉回到了旧金山："旧金山哦，我也去过几次，邓奇斯蟹是我的最爱，每次去都要吃，恨不得抱着它睡觉呢。Jack每回都要警告我，吃多了当心发胖哦。呵呵，我才不管，胖出来再想办法减肥嘛。不过说到减肥……"

得，就是这么快，话题一下子又跳转到了减肥。

足足有五分钟，所有姐妹各抒己见，交流经验。有个在电视台做编导的姐妹素素，开始对照自己的身体比画来比画去，介绍起保持身材的秘诀，话至兴头，忘记了异性的存在，竟然当众双手托胸，象征性地隆出一道深深的乳沟来，当下惹得我阵阵脸红，只好佯装去上洗手间。

等我回来的时候，小敏跟我使了个眼色便起身向大家告辞。说是跟老妈事先约定了的，晚上要带Coco的"过房爷"（也就是我）回家吃饭。我没想到小敏会拿我当借口，不过想必这也是万般无奈下的"急中生智"。

当下某些国人，一心想着移民出去把自己变成外国人，也许这帮小姐妹也把小敏归入了这一类,若小敏不是,那反倒是她们看不懂的了。而小敏恰恰不是,她的理想与实干,以及她所追求的生活,与她们完全不在同一个世界。所谓梦想或有大小,而理想则非毕生追求而不可达。

小敏的理想从未变过:以她精通多国语言的特长,担当本土文化西进的使者,为东西方文化搭建桥梁,促成不同种族、不同地域的文化之间的理解、互信、认同与融合。她曾跟我说过这样一句话:这个世界永远都是由少数和多数共同构成的,看你怎么选。选择成为少数,需要勇气、胆略、才能,如同浪尖;选择成为多数,需要宽容、谦和、忍让,如同海平面。

她曾将李商隐的《锦瑟》译成八种文字,一时竟让我陷入庄生梦蝶般的幻觉,怀疑那李商隐根本就是个外国人,先把自己的诗作翻译成汉语,然后起了个长安人的名字发表出来……

不用怀疑,小敏真有这么大的能耐。

最初的那几年,小敏在中国驻纽约总领事馆工作,后来认识了Tom,结婚生下Coco。等Coco稍微大一点之后,她开始从事中美文化交流方面的工作,一年要翻译好几本书,要见诸多各国大人物,要写好多文章,要开好多会,要去好多国家。

她与Tom共同喜爱的一个国家是瑞士,这也正是她即将扎根的那块土地。2008年下半年,小敏卖掉了旧金山的房产,举家迁往瑞士。

到了瑞士之后,小敏转行做起了教育工作。另外,她不仅在慈善机构里有兼职,每周还要抽出至少半天时间到不同的社区做义工。她是天主教徒,每个星期天都要去教堂做礼拜。

跟在美国一样,小敏依然保持每日健身的好习惯,在这里,则以山地慢跑为主。她和家人每天起码要吃三种水果。她只用养颜护肤品,很少用化妆品,除非是要出席隆重的正式晚宴。

当然,不喜欢用手机是她的一大特色。这件事她是这样跟我解释的,也曾用过,但手机让全世界的人随时随地都能找到她,不管她是在洗澡,还是陪儿女舒舒服服地躺在沙发上听音乐剧,抑或早已进入了深度睡眠,那不仅会影响她与家人的心情,有时还会把她搞得手忙脚乱、晕头转向。

互联网她倒是用的,但仅限于查资料、传文件,还有给朋友写 e-mail。

他们到了日内瓦之后,一直是自己租房子的。从她发给我的照片来看,房子很大,推门即可见到秀美的山。

小敏从来都不介意我用任何方式暗示她,她与我同龄这一事实,也从来不反感我称她为"Coco 她妈"。小敏有一句格言:每一个年龄都是最好的年龄,所以每一个生日我都一样快乐地过。

基于小敏在《生命的每一天都是奇遇》中深入人心,我无法回避一个广受关注的问题:她是那样好,那样值得爱的女子,你却为何不懂得珍惜?那是怎样的一种身在福中不知福?

No!我和小敏的感情绝不是"为赋新词强说愁"的偶像剧,明明彼此相爱,明明可以在一起,偏要肝肠寸断,百转千回,非如此而不能摄人心魄。也绝不是为了我所谓的自由。更不是怕得到一棵树而失去整片森林。

小敏和黛西其实是一样的。我相信，即使我和黛西之间根本就不存在离别了二十七年不能相见的遗憾，到了一定的时候，她也势必会被另一个男人从我身边牵走。归根结底，当我们还不懂得爱情为何物时，彼此已培养出至深的亲情。而亲情永远都是超越性别的。

小敏对我的情感是一种自小到大深深的依恋，就连她自己也分不清究竟是想让我成为她的哥哥，还是丈夫。而我则把她当作永远也不可能以肉身厮守的灵魂伴侣。当年的我也许不懂，但如今的我终于可以在心里对小敏说出这样一句话："我可以为你舍命，却绝不碰你的身体。"我猜反之亦然，她对我也一定愿意以命相许，却万万做不到以身相许。

这是什么道理？这便是伦理！

但是，也还有另一个事实同时存在：在 Tom 出现之前，我和小敏之间，无论何时，也无论是她提出要嫁我，还是我提出想娶她，此婚必成！因为不论我们之间是否存在爱情，谁都无力拒绝对方。我和小敏的感情，事实上就有这么重的分量。可我们当年谁都没有开口。

这又是为什么？这便是对"爱情"二字莫大的尊重！

所以，某次读者见面会上有人现场提问："您的书中，您与小敏的故事，给人的感觉虽然云淡风轻，笔触却相当微妙，我现在只想知道，就算最终没能在一起，可你们之间曾经相爱过吗？"我想了一会儿，说："那我现在的回答仍然很微妙：我们曾像孩子一样相爱过，直到今天。"

我去旧金山看望小敏那一次,尽管事先打了招呼,但当我站在机场出口,张开双臂说:"Anyway,我是个说话算数的人,来美国看你啦。"小敏当时竟忘记了 Tom 和 Coco 的存在,像个小女孩那样扑到我怀里又哭又捶。那是一个不亚于当年雨中离别的熊抱。好在 Tom 是西方人,不可能完全懂得我们之间的表达方式。

岁月给了小敏无尽的阅历,阅历使她最终变成一个成熟善良、知性优雅、温润如玉、有情有义有爱心、洋味十足无龄感的女子。她那句"每一个年龄都是最好的年龄",让许多人喜欢上她,那是无龄感的纯粹境界。但我相信只有我才读得懂这句话的全部。

在我们共同的成长记忆中,我曾带给小敏无数欢笑与眼泪,骄傲与委屈,亲近与疏离。而当她越过那些之后,并没有从此止步。她在新的世界里不断追求健康新鲜的生活,开创真正属于她的新天地。人的整个一生都应该是美好的,绝不仅限于那短短几年青春时光。她生命中最美好的记忆,也未必就是那些青涩的年月里我所给予她的。

所以她才会由衷地那样说:"每一个年龄都是最好的年龄。"

人们羡慕与欣赏小敏的无龄感生活方式,却几乎没人能想到她的成长历程竟是如此普通平凡,但她如今所拥有的那些闪光品质,无一不是从这普通平凡的成长中提炼出来的。她对无龄感生活的向往,不仅受家族的熏陶,更是她一次又一次遵从了内心,破茧而出的结果。有选择时,她会彷徨与挣扎。而一旦没有了选择,为了奔赴一个更加光明的方向,她又会挣脱内心,去更为广阔的世界里寻找答案。

直到 2008 年回沪探亲那次,我才无意间从她口中得知了一件令我震惊的事。我在荷兰那几年,我们几乎失去了一切联络。那段日子,从小就堪称折纸艺术家的小敏,竟然为我折过满满一箱千纸鹤。

唉,没变,还是个孩子。那时 Tom 尚未出现。后来小敏羞涩地告诉我,那只箱子至今都没有对 Tom 开放,但 Tom 早就猜到与我有关。

Part five
婚姻是一种无龄感的成长

　　生命的每一天都是成长，而婚姻更是一种无龄感的成长，那些认为结了婚不用成长就可以相守到老的人，未免太过理想化。放弃成长、拒绝成长，终将失去人生中珍贵的东西。一生很短，原谅不完美；一生很长，一切来得及。

Introduction

　　爱之难,在于心口不一,身心不一,步调不一。追求简单,往往是件复杂的事。返璞归真,反而成了奢侈品。人总是在不知不觉中把自己搞得筋疲力尽,还总也不知该归罪于谁。

　　有人问我,爱究竟是个什么东西。我说,爱是火花,爱是本能。爱不需要参照,爱只有彼此。爱既有索取也有给予。爱是我能感知你的冷暖,爱是害怕失去。爱是生命之光,爱是希望之旅。爱是即使你离开也要祝福你,永远祝福你。

　　爱是一首幸福的歌,爱是世间最美的承诺,爱是在一起唯一的理由。爱是相守到老的勇气,爱是永恒的传说。爱是在无龄感世界里相互陪伴,哪怕牵手到那世界尽头,内心也不会再有恐惧……

　　生命的每一天都是成长,成长至死,没有衰老。爱如此,婚姻亦然。

01. 永远在等一个人

也许，如今人们只有在三万英尺关闭手机断开 Wi-Fi 的机舱里才会捧起纸书，那么鉴于纸书消费如此昂贵，我便有责任告诉你一些振聋发聩的真相。

我们总习惯于把梦想定在远方，但真的到达那里之后，梦想很快就会变成一张返程票。

马云说他怀念九十块工资的那些年月，老华侨说多想叶落归根啊。但这些只是时过境迁后轻飘飘的感慨，回到当年的现实，几乎不会有人相信梦想就在身边，更无人认同只要把日子过美满了就等于实现了最大的梦想。因为这些都近在眼前，挑战性远远不够。

我所理解的婚姻,是爱情的力量使两人再也无法分开,因而结成一个受法律保护的活结。而不是为了得到这个活结去寻找爱情,或爱情的替代品,反了。更不会因为那是一个活结而随时准备解开它。

既然婚姻已成现实,那么我们最好忽略它是一个活结。请坚信:随着时间的推移,距离的消弭,你在他(她)身上发现的一切弱点,将来在其他人身上也同样会发现,毫无悬念。即使各人缺点不尽相同,却绝对各领风骚。

小尹是我的忘年交,他如同我人生的一面镜子,一个重要的参照。并不是说他年龄比我小,走过的路没我长,就不能拿来当参照。小尹的参照性在于,他的成长轨迹高度吻合了"有龄感"国度的统一标准,是个非常标准的标准件。

直到他的故事落笔处,小尹已在我的影响下变得不那么标准了。理所当然,他的故事还没有落幕……

咖啡与酒始终是都市的血液。我与小尹的约见,多半都是在我家附近的一间酒吧里。

他曾告诉我:"我的婚姻现状,看上去不错,至少外人看来是这样,但激情消失,摩擦不断。"可过几天再见面时,小尹直视着我:"跟你说实话,我不怕丢人,其实,我怀疑她有问题。"

我笑笑:"婚姻关系中的人呢,总喜欢在对方身上找问题,芳菲(小尹的爱人)的问题我看不到,可你的问题是显而易见的。"

小尹:"我有啥问题?"

我:"你是个手机控、iPad控,不否认吧?你恨不得把床都搬进手机里,不夸张吧？你呀,从今天起关掉 Wi-Fi,关心 wife,那样可能一切问题都解决了,试试看。"

小尹:"这倒不假,芳菲的话比你狠,她说我临死躺进棺材都会自拍一张发朋友圈,不过我的毛病跟她比起来简直就不值一提,她有问题!"

我:"呵呵,刚才还只是怀疑,现在就敢断言她一定有问题?"

小尹:"我有证据的,她和她 boss 之间不清白,工资从税前八千涨到税后两万。"

我:"正常啊,加个薪你就质疑人家的清白?"

小尹:"你到底有没有在听我讲啊,是睡觉的睡哦,不是税务的税。"

我:"啊？真有这事？会不会是你胡思乱想呢?"其实,我不过是嘴上惊讶。

我与他爱人不相熟,打过几次照面,都是在不同的聚会上。我只知她以前在一家广告公司工作,干得好好的,最近突然跳槽去了一家 IT 公司。我自然是不懂,她去 IT 公司能做些什么。我曾问过小尹,芳菲在那家公司具体做什么。小尹说他也不晓得。

小尹索性摊开来跟我讲起他与芳菲之间的事,我这才了解一切。

小尹与芳菲的认识,是从一场 speed dating(八分钟速配闪约)开始的。他们报名参加这个活动的目的当然都是一样的——相亲。那一场活动被安排在离小尹家不远的 Blue Frog,坐落在与延安西路交界的虹梅路步行街上。

小尹下午赶到那儿时,活动还没开始,不能进场。Blue Frog 门口已聚拢了一小撮人,有男有女。他吃不准是否都是来参加活动的。为了不让自己太扎眼,小尹干脆加入人堆,站着等。

　　后来芳菲也来了,见小尹站在人群的边缘,一身休闲装扮,潇洒俊朗,眉目有情,就主动上前与他搭讪,问他下午的活动是否就在这儿。小尹说对,但还没开始,得等一会儿。

　　也就是接下来那么几分钟等候的工夫,两人开始聊了起来,还蛮投缘。尤其是小尹,第一眼就喜欢上了芳菲。

　　那天前后两个钟头的活动,面对那么多的来宾,小尹尽量使自己显得安分。他正襟危坐不苟言笑,一番慢吞吞却像意式小杯 espresso 一样浓缩简略的自我介绍之后,便开启了超有耐心的倾听。其间还不时穿插些与当下语境相得益彰的捧哏语:"嗯!"……"哦?"……"这样啊!"……

　　如此便不至令人误会他有沟通障碍,还节省了不少口水,没准反而给女士们留下个彬彬有礼、性情温和的好印象。只有芳菲坐在他对面的那八分钟,他的嘴角才向上挑出一道舒展悦目的弧,侃侃而谈。

　　与小尹不同,芳菲这是首度参与此类活动,遇谁都拘谨,话更是少得可怜。这会儿终于换到小尹对面,一脸毫无掩饰的如释重负,犹如安全着陆。

　　芳菲凑近身来,压低嗓音跟小尹抱怨:"没想到啊,跟陌生人一遍又一遍重复介绍自己,是件老吃力、老难熬的事,还老难为情哦,看到人人都那么优秀。"

可她却忽略了,她与小尹也不过就是早几分钟在门外刚认识。

小尹注意到,因她的前倾幅度过大,顷刻间招来众人齐刷刷的侧目,仿佛两军对垒,有匹马突然受惊。speed dating 的发明者是犹太人,始终都是仪式感很强的社交活动,暗规矩多多,不足为奇。

表面上大家可以随性,可无人不受约束,那是无形的心理约束,正借由一束束来自地球的目光得以施受,足以将少数异类顷刻间放逐,变成一只外星绿毛怪。这里有特定的秩序,笼罩着职业人高度认同且习以为常的社交气场。眼下这个环节,小尹与芳菲显然没理由熟络到这种地步,太不合"常理"。

小尹了然芳菲的感受,后来他是这么跟她解释的:全是自我包装出来的,包括他们私下偷偷塞给你的卡片。

小尹讲到这时,我会心地笑。在认识小勇之前,speed dating 我也参加过。那些只有数字编号的会员们,听上去确实个个都好厉害,分别从事着各式各样趣味横生的职业,年纪轻轻,职位就高得把人吓到软。仿佛全上海的精英都挤进同一间音乐吧里喝下午茶,瞬间就把实诚人比矮半截。那些油光锃亮的外壳,与头顶绮丽的灯效交相辉映。若换一个气场,他们也定会换一种颜色。那也许仅仅是都市人的本能而已,如同避役适应草丛那般天性自然。

那天的活动,小尹和芳菲虽然仅有两次面对面交谈,彼此却留下了深刻印象。

后来,活动的主环节终于结束了。主办方为活动增设了一个特色环节,一个小游戏。游戏规则是由女士来挑选男性 partner(伙伴),然后分为三组,完成大约二十米的男背女赛跑。每组第一名进入决赛,最终决出前三名,分别可得到价值不等的三份小奖品。

这个游戏既考验女士的眼光,也考验男士的体力。只可惜芳菲慢了一步,小尹被另一位娇小的女孩挑走。为了表达抗议,她也挑了一个,那是所有男会员中最高大威猛的小伙子。

最终的比赛结果让人跌破眼镜。小尹虽不够强壮,却得了第一名。而芳菲挑中的竟是一匹病马,跑出十米不到就喘成驴,松松垮垮地放她落地。

那小子最后叹了句:"哦吼,你比看上去要重交关(沪语,很多)。"

这气得芳菲直想把这个东倒西歪的空心大头菜踹倒在地,完了再上去补踩两脚,必须踩在脸上,留下永不磨灭的印迹。

散场时,小尹把奖品赠予娇小的 partner,却与芳菲并肩离开。

黄昏,他俩沿着虹梅路自北向南慢悠悠地荡马路。

小尹说:"一起吃晚饭吧?"

芳菲说:"再荡一会儿,肚子好胀哦。"

小尹说:"我也是,免费畅饮,喝过头了。"

芳菲说:"没出息,我是因为情绪紧张才喝多的。"

两人相视而笑。

讲到这,似乎挺美好的。但他俩的故事这才刚刚开始,很快将从"八分钟闪约"切换到"DNA 密码"。

那天晚餐,芳菲把自己的感情经历坦诚相告。

芳菲心目中的白马王子是她当年大学同班同学，名叫陈德良，比芳菲大半岁。后来陈德良技术移民去了加拿大。芳菲为此伤心欲绝，此后再也没亲近过任何男孩子。

小尹听了她这番话，非但没有危机感，反而暗自庆幸，如此专情的女子，竟被他遇见了。他感觉自己终于在对的时间遇见了对的人。

从那天起两人开始交往。半年后，小尹向芳菲求婚。与所有被求婚的女孩子一样，芳菲流泪了。可那泪水中，辛酸、疲惫、无奈多于感动和喜悦。

芳菲把小尹从地上扶起来，郑重地说："我答应你，但我的心永远都在等他回来，你能接受吗？"

尽管心头爬过百足虫，可小尹自认已收不回求婚戒指，更收不回给她的承诺，归根结底还是收不回对她业已付出的爱。他天真地以为，既然一切都已成往事，那个杳无音讯的绝情种又怎会回来找她呢？这种事发生的概率实在太低。更何况芳菲一旦成为他小尹的妻子，这段感情便是受中国法律保护的，怎容得一个外国人随随便便回来一趟、见上一面就轻松掠走呢？

应当说，人一旦将婚恋的成功率建立在概率学上，并公然摆上了赌桌，便是为自己埋下了悲剧的种子。

婚后没多久，小尹发现妻子开始有了夜不归宿的记录。那时小尹没多想，刚刚踏入社会不久的芳菲，经验与资历尚浅，他理应无条件支持她。

可自从芳菲跳去那家新公司之后，便开始越来越频繁地"加班"，偶尔甚至需要"通宵加班",说是部门开研讨会,手机必须关掉。小尹一个人在家里带孩子,想去个电话问候老婆一声也需要拨公司总机,可总机总是没人接。

芳菲每回都极不耐烦地给出相同理由:部门加班,总不见得让人家行政部跟着一块耗时间,总机当然没人。

就这样接连三回,芳菲终于露出了破绽……

前不久的一夜,芳菲加班又到清晨,但还是赶在天亮前回来了。一进门,她发现小尹穿着睡衣在客厅等她。小尹张口便问她怎么这会儿又回来了。芳菲说,突然想起孩子的哮喘药快没了,昨晚买好,今早送回来。

事实上,买药送药是真,可芳菲却向小尹隐瞒了她从何而来。

小尹已经心里有数,也不多问,接过她从包里取出的药,转身回房。

也就在芳菲进门前的十分钟,小尹接到了一个奇怪的电话。那是个男人打来的,找芳菲。小尹问对方是芳菲的同事吗。起先对方矢口否认。

既然不是同事,小尹就长了个心眼,问对方找芳菲有什么事。可那男人开始紧张了,前后矛盾,说芳菲加班临走时把手机落在公司里了,所以打电话过来说一声。说完那人就挂了。小尹急忙又拨芳菲的手机,结果还是关机。

回到卧室,小尹佯装睡觉,竖起耳朵听卫生间里芳菲冲淋的哗哗水声。他突然记起刚才电话里的那个声音。

在小尹与芳菲婚后不久,也曾有过这样一个深夜,当时芳菲也在卫生间冲淋,铃声响起,小尹接听,正是此人。正在洗澡的芳菲光着身子从卫生间冲出来,抢过电话来接,惊得小尹目瞪口呆。挂上电话后,芳菲麻利地擦干身子,回卧室梳妆打扮,要深夜出门,说是与闺密及闺密的男友约好了消夜。

这一幕发生在五年前,那年小尹三十三岁,人人都羡慕他娶了一个小他八岁的美娇娘。可只有他自己心里最清楚,这个美娇娘的心不在他这儿。

在小尹告诉我这一切之前,陈德良这个人我从未听说过。

我问:"那你接下来打算怎么办?"

小尹坚定地说:"摊牌! 不过了!"

02. 原谅不完美，一切来得及

小尹没有骗我。当芳菲再回家时，小尹已做好一切思想准备，全面摊开与她谈。

小尹："我知道他回来了，就是你现在的 boss，我不怪你，我承诺过的。"

芳菲瞪大了眼睛，惶恐不安："你怎么了？你在说什么呀？"

小尹苦笑："我都知道了，没事的，老实说你这样太辛苦了。人都说一日夫妻百日恩，既然你我夫妻一场，你对我也不可能没情没义，所以你才会躲躲藏藏，所以你才会怕我受伤，对吗？"

芳菲哭了，点头："嗯。"

小尹:"那么至少我也感到安慰了,你放心,我不会成为你们的绊脚石,你和他商量一下,拟一份协议书给我签字就好了。"

芳菲低下头:"嗯。"

小尹:"只不过……我最后还想跟你确认一件事……"

芳菲:"什么?"

小尹:"我想知道,就连孩子……也不是我亲生的,是吗?"

芳菲一刻不停地哭,却再也没有回应他这最后一点关切。

当小尹主动向芳菲提出离婚时,无论芳菲更爱的那个人是谁,我猜她当时的内心都免不了百般挣扎。

说到底,婚姻之于每一个女人,原本是出于相互陪伴的需要,与男人基于公平原则签下的一份只有起始日却无终止日的契约。正因缺少那终止日,才导致各式各样的中途违约情况发生。而在现实中,女人花一生时间去履行一份契约的难度,与改变习惯、鼓起违约勇气的难度相当。所以尽管这份契约在形式上永无尽头,却也会奇妙地促使女人在内心永远保持着某种神秘且难以推算的平衡状态。

岁月静好,现世安稳,与中意的人相伴一生,是人生显露在外的切面,恬静美好。但其他切面,各人自知,有的在滴血,有的刚结痂,有的在燃烧。平衡也只不过就是一个结果,刻意追求不来。一切终究都是结构性的,包括幸福、富有、成功与归属。

离婚手续办得很顺利,芳菲带走了孩子,把两人共同还贷的房子留给了小尹,并且相互约定,对所有人都隐瞒孩子的身世,包括双方父母。芳菲把孩子暂时寄养在她父母家里,随后闪电般跟着陈德良去了蒙特利尔。

小尹不再是孩子的监护人，但按照协议约定，他有探视权。小尹之所以不想放弃这项权利，只因从孩子出生到现在，一直都有他的陪伴，毕竟是有感情的。可与此同时，得知真相后的小尹也自知需要把握分寸，所以，一个月只探视一次，每次只相处半天。他认为这是恰如其分的。

就这样，小尹持续了五年的婚姻结束了。是的，错误也该有终点，一桩悬案就如同达摩克利斯之剑悬顶，那是永无尽头的折磨。可一旦咬牙斩断，即便死在剑下，也算得上是一种解脱。

正如小尹自己所说："有些可怕的东西，始终被盖在脸皮下面，不撕开那层脸皮，总也没有勇气去面对，我想最终还是要由我来撕，芳菲的心太软了。"

我不置可否，只告诉他："我真不敢说你做得究竟是对还是错，但你也许忽略了另外一种可能性，即使芳菲的心再软，她也总有需要面对现实的那一天，哪怕与你无关，是迫于陈德良的压力，她也终究会走到那个抉择点上，到那时，谁又敢说她一定就会舍你而去呢？"

小尹摇头，叹息，再摇头："那种可能性固然是有，但对芳菲太残忍了，我太了解她了，她承受不了的，所以我才要提前反应，替她做出正确的选择。"

我说："了解她，爱她，代她判断，替她选择，你以为自己很伟大，但我只想提醒你，无论芳菲最终做出哪一种选择，或许都无关对错，甚至不那么重要，而更重要也更有价值的是，由她凭借自我意愿去做出判断与选择,而不是你强加给她的,懂吗?"

小尹:"啊?! 冤枉啊! 我哪有强加给她什么?"

我:"没有吗? 你主动捅破,并首先放弃,是你单方面的决定,把她逼上了华山一条路,她的面前只剩下陈德良这一个选项,我想,这才是她当时最大的伤心,而不是你想象中那样,有愧于你。"

小尹若有所思:"你讲的也许有道理,但我当时也真想不出还有第二条路可走,唉,既然木已成舟,患得患失又有什么用?"

见他已然想开,我便也释然,跟他开起玩笑:"老实说,你小子也该知足了,撇开法律意义的婚姻,你可真真切切做了人家足足五年的小三啊。"

小尹先是一愣,转而腼腆地笑了:"那要依你这逻辑,连小三都算不上,我不过就是个有法律保障的备胎而已。"

后来,渐渐从离婚阴影中走出来的小尹辞工去酒吧做了琴师。他把鬓角铲青,脑后绑一条小马尾,鼻梁上架起了雷朋机师镜。那阵子他其实蛮"装×"的。整日沉迷于无知少女们崇拜的眼神中,也曾与她们眉来眼去,游戏其间。

有些人,虽是生命中的过客,来去匆匆,却是记忆中的长客,常来常往。比如我的晨儿,再比如钟艳的老郑。人生路上,与人交往林林总总。有些人,当她开心快乐的时候,你只能远远地旁观,可以分享却难以参与。只有当她苦闷低落的时候,才能靠近她些。即使明知给不了她什么,也好似得到一个慰问她的理由,又好似她的痛神经也一样连着你的心。就这样木知木觉地走下去,陌路相望,却也无可奈何。这,就叫前妻。

那个时候,芳菲已然成了小尹的前妻,偶尔会打电话回来向他倾诉身在异国他乡的苦闷。小尹还能怎么说?唯有安慰,以及啰里吧唆的祝福。

几个月后,大洋彼岸传来芳菲要与陈德良举办婚礼的消息。芳菲竟然也邀请了小尹。

接到邀请,已基本平复的小尹再次陷入波澜壮阔的内心挣扎。他不止一次问我,该不该去。

我说,"不想去就不要去,他们不缺你这一份祝福,能还的,你全都还了,而且哥觉得你还得特漂亮,这已经足够啦。"

可造物弄人,几天后,芳菲急匆匆打来电话。她请求小尹火速去她父母家取儿子的头发,然后去做一个亲子鉴定。

小尹聪明,一听就明白了,禁不住笑出声来:"我猜,他已经做过了,对吗?"

芳菲:"是的。"

小尹:"那么既然已经确定不是他的,我还有必要去做吗?难道除了我和他,还有第三种可能性?"

芳菲:"去你的,当然没有,但是……孩子怎么可能不是他的呢?我想不通。"

芳菲的恼怒与焦躁,已显得虚弱不堪。可既然连她自己都想不通,又怎能指望小尹有答案。

原来,从头到尾都是陈德良的主意。临近婚期那阵子,他不止一次请求芳菲,在结婚前做一个亲子鉴定。

陈德良的理由倒是冠冕堂皇:"毕竟那是你与前夫的婚生子,将来要想确认我和孩子血缘上的父子关系,只能凭借亲子鉴定,早晚都得做,等孩子大了有主见了,再做恐怕就没现在这么容易,怎么跟孩子开口?假如婚前做了,就没了后顾之忧。"

面对陈德良的要求,芳菲虽恼怒在心,却无从发作。她恨的是,在她为他放弃一切之后,他竟然还要节外生枝。而且更为重要的是,她洞见了他的不信任。但正如小尹所言,芳菲还是心太软,最终扛不住陈德良的软缠硬磨,一个电话让家里寄来儿子的头发。

这一验非同小可,阴差阳错,孩子竟然不是陈德良的。

其实小尹的心情也很复杂。尽管在孩子的生父究竟是谁的问题上陈德良已然出局,但他若不给芳菲一个确切的交代,终究于心不忍。犹豫了几天后,他终于决定利用探视的机会,带着儿子去做亲子鉴定。

当小尹拿到报告那天,百感交集,真想冲着大洋彼岸的陈某人大吼一声:"报应啊!"

可他克制住了,只发了一条简单的朋友圈:信吗?这就是因果。

接下来,陈德良悔婚了,芳菲大闹了。

芳菲指着陈德良的脑门大骂:"你这个背信弃义的小人!你这是要把我往绝路上逼!我跟你同归于尽!"

当然,一度被爱冲昏头脑,如今却又万念俱灰的芳菲,很快便找回了理智。她无意跟谁鱼死网破,而是独自一人,一路狂奔到圣劳伦斯河畔大哭了一场。

这些场景,小尹闭上眼都能在心里推演。他早早地做好了心理准备,只等芳菲的一个越洋电话。而这个电话,恰在某个早晨的第一缕阳光刺穿窗帘的缝隙倾洒在他脸上时到来了。就连这道缝隙,都是芳菲为他留下的习惯。

芳菲向来是这样,即使窗门紧闭,窗帘也要留出一线天。她说那种透气感会让她醒来的第一秒身心愉悦,且比闹钟还要管用一百倍。

电话里,芳菲弱弱地问:"假如我现在回头,会不会太晚了?"

小尹:"为什么会晚?一生那么长,这里始终都是你的家,电话号码你倒着都能背得出,你留下的痕迹谁也抹不掉,连马桶垫都是你走前的那一箍,从没换过……还有,我还等着你回来跟我一起还房贷呢,我一个人总归太吃力……"

这些"台词",小尹曾在话筒忙音的伴奏下彩排过 N 回,烂熟于心。可还没等他发挥到极致,电话那头早已泣不成声……

一生很短,原谅不完美;一生很长,一切来得及。

2015 年 6 月的一天,浦东机场。

当芳菲含着悔恨与屈辱的泪重新站在小尹的面前时,他上前一步,暖暖地拥她入怀,轻拍她的后背说:"回家就好了,儿子可想死你了。"

那天,我们一帮哥们都为小尹感到高兴,小尹一吆喝,便都跟去了机场接机,他俩结婚时,人都没凑这么齐。小勇也陪在我身边。

这是小尹刻意的安排,不许我们任何人给芳菲脸色与白眼。他希望通过大家共同出现的隆重场面，表达对她无声的原谅和支持。告诉她，回来才是正确的。

在场所有人都是第一次见到小尹的美娇娘，可她却再也顾不上形象，决堤般大哭，如同泄洪。她的哭相是那样肆意的难看，不忍直视，小勇躲在我身后不住地陪着抹泪。

从我们降生到这个世界的那一天，似乎得到了无限的时光，这往往会成为我们成长过程中挥霍的理由和任性的靠山。后来我们发现，我们正在不知不觉中缓慢地失去它。于是，从某天开始，我们变得忧心忡忡、谨小慎微，不再敢肆意挥霍与任性。

可时光的脚步始终都是那样缓慢却咄咄逼人。我们渐渐领悟，要学会与它平淡相处，换得灿烂的回忆，而不再试图抗争与挽留，这是一场漫长的告别。我们不断修复回忆的种种瑕疵，在适当的时候，也该张开温暖的双臂，以当初的笑容，迎接一切美好的回归。

小勇后来告诉我，作为一个局外人，起先她的立场是坚定的：好马不吃回头草，芳菲那种女人千万不能再要。但直到她在机场亲眼见证，芳菲用难看的哭相发出了那样撕心裂肺的忏悔，她立即动摇了，进而开始相信，在经历过那场波折之后，他们会迎来一个更加光明的未来。

芳菲至少有一条让小勇艳羡，她竟然那么快又怀孕了。

小勇说，恰好赶上了"单独二胎"的好政策。

听她这么说，我心里泛着酸楚。人家都二胎了，可小勇跟着我，至今都还没法嫁我，更别提升级当妈妈了。但我嘴上却没那么善。

我说:"这你不懂了吧,单独二胎的意思呢,是像你我这样的独生子女,国家允许再投一次胎,所以呢,我也想试试,争取投个女人当当。"

小勇:"呸!"

我见小勇对他们两口子的事挺上心,犹豫再三,还是把终极版真相告诉了她。

我说:"这件事呢,我相信小尹只愿意告诉我一个人,其实,芳菲现在怀的,反倒是从蒙特利尔带回来的。"

小勇:"啊?! 怎么会这样? 太毁三观了,这个孩子小尹接受得了吗? 还有陈德良那边,又是什么反应呢?"

我:"这就不用你操心咯,小尹的态度是明确的,欢迎这个孩子,两口子已经商定了,永远都不打算把真相告诉陈德良,并且,让亲子鉴定永远见鬼去。"

小勇听了唏嘘不已:"这两口子的事儿,真的能编一部DNA悬疑大剧了。"

我说:"其实啊,这出戏来得正是时候,以前模糊的东西,现在都看清了,随着芳菲的旧梦破碎,小尹也彻底踏实了,芳菲呢,假如一直无法破茧而出,也就一直处在幻境当中,花非花雾非雾,又怎么看得见外面的世界有多精彩呢?"

生命的每一天都是成长,而婚姻更是一种无龄感的成长,那些认为结了婚不用成长就可以相守到老的人,未免太过理想化。放弃成长、拒绝成长,终将失去人生中珍贵的东西。

在小尹和芳菲的婚姻里,芳菲的成长尽管是被动的、后知后觉的,可这仅仅体现了一个规律,情感世界里的女人总是被动的、后知后觉的。

而小尹的成长则难能可贵,他面对自己爱的人甘愿吃亏,甘当备胎,甘之如饴。生活中如小尹一样的人还有很多,他们的宽容与原谅经常会遭人耻笑:没骨气、没底线、软蛋……但他们的成长在于,不仅明白自己想要的是什么,更了解自己最不愿失去什么。如同小尹辞去高薪职位去当琴师,后来又开起了酒吧,是同一个道理。那些只愿活在他人眼中的人,无一不过着因分裂而痛苦的人生,罕有真正幸福的人。

既然明明还爱着那个人,何必要在爱后面加那么多"但是"?一生很短,原谅不完美;一生很长,一切来得及。洞见这一点,等于找到了婚姻幸福之门。

03. 卖掉房子去旅行

"爱很简单",说的是两小无猜。成人世界里向来没有简单的爱,若你发现太简单了,那八成就不是爱。仅服从于荷尔蒙的简单,是喜欢加欲望,不是爱;屈从于理性的简单,只剩下权利和义务,那是爱无能。爱之复杂,足以把每一个天真女子扭曲成阿玛兰妲,也可轻易让男人们变身为兔子先生。只需要一次挫败,仅仅一次而已。那么现在再来回答我,爱还简单吗?

也经常有人问我,真爱究竟是什么?

有阵子在朋友圈里看到一条视频剪辑——《用 100 种方式来说我爱你》,都是些西方电影片段。我当时深受感动,随手转发给小勇,但当我看见她正用纸巾蘸泪时,我却说出了另一番话。

我说:"那是老外,在我国不一样。"

小勇:"怎么不一样?"

我:"我给你讲个故事。"

我没告诉她这个故事的男主角其实就是她认识的阿辉。

阿辉曾经走过弯路,一度热衷于恋爱游戏。他曾把他与某位新女友的短信截屏发给我看。

阿辉:"我爱你,今晚去开房好吗?"

女友:"我也爱你,今天正好又看中一款包包。"

阿辉:"能不能不要一到这个环节就包包啊?"

女友:"那你能不能不要一到这个环节就老开房啊?况且人都这么说,男人肯不肯为女人花钱,是检验真爱的唯一标准。"

当然,我只不过是拿阿辉的反面教材跟小勇开了个玩笑,她听过笑过不会认真。

中国女人其实是很含蓄的,她们更倾向于把爱情表述为亲情。爱一个人就说,我愿意和你一起过日子。很爱一个人就说,让我们白头偕老吧。想把自身托付给某人就问,你愿意养我一辈子吗。表达对某人的依赖就说,给我买包嘛。

但她们中的一部分人,唯独对爱情失明了。只有在演唱会现场,当她们挤在人潮中对偶像歇斯底里哭喊"我爱你"的时候,才窥得见她们的真性情,那个时候亲情却喂了狗,含蓄也荡然无存,真男友正在边上默默地给她们递纸巾,可怜巴巴。那么,台上台下,究竟哪一个才算是她们的真爱？

我记得早年马未都在一个访谈节目中说，他曾经陪孙女去过演唱会，手拿气球和荧光棒，偶像出场，一阵狂热……那个现场，他说对他简直就是一种心灵伤害。每回想起马先生当时的表情，我都忍俊不禁。

下面我想讲的是藏在一段问题婚姻中的含蓄之爱。

我有一个哥们名叫许若蚩，是个纪录片导演，曾担任央视某纪录片318国道西藏段的摄制。我曾说过一句自认精辟的话，都是说给为房所累的他听："假如爱情没有被锁进房子，那它一定在路上。"一共说过两次，一次是在他筹备婚房的时期，另一次是在他两口子闹离婚的阶段。

2003年的许若蚩，与他的未婚妻孙季萍承受住了房子的重压。而在五年之后，他们却没能经受住同一屋檐下一成不变、龟息静守的考验。他们一度停止了成长。

当时若蚩离开电视系统，自己开了一间文化传媒公司，业务上一直没什么大起色。他最喜欢的一句话是《安娜与国王》中的，"活着只求意义，不求成就"。这倒与我有相似的达观，我选择写作又何尝不是这么想。

今天回忆起来，若蚩在婚姻中至少有两条很难被原谅，一是疯狂迷恋网游，二是与他身边唯一的女助理保持着暧昧关系。季萍呢，也并非无可挑剔。她是个爱幻想的女人，曾经喜欢上一个电台DJ。但仅仅是声波联络，没有发展进一步的关系。

季萍比若蛊小五岁,就职于一家跨国公司。2007年底,出于某些不成文的礼节,若蛊随同季萍一道参加她公司的一个盛大酒会。

　　在那次酒会上,若蛊看到季萍擅长交际的一面,可同时又让他很不是滋味。季萍不避他的眼,穿着露背装,公开与老外同事搂搂抱抱,回头却跟若蛊说:"人家老外都是那么开放,家常便饭一样的,你别大惊小怪。"

　　可真如她所说仅是文化差异吗?若蛊可不这么看。至少季萍部门那些女同事可都举止端庄、收放有度。大概要等到多年以后他才能回过神来,季萍在外的开放,也许恰恰是对他的含蓄。

　　那个阶段,两人从分床而眠到分房而居,几乎中断了一切交流,可谁都没提过"离婚"二字。

　　有过类似经历的人也许能够体会,这样的婚姻生活相当熬人。不吵闹,不意味着无战事,那是藏在心底的冷战。家中任一角落发出异常响动,都会让人心惊肉跳,怀疑是那深潜于平静海面下的火山终于爆发。真可谓草木皆兵。

　　2008年,若蛊整个人变得很懒。平常最大的爱好是喝啤酒打游戏,最隆重的一项外事活动是出门喝喜酒,强度最大的一项健身运动是饭后百步走。我曾调侃他:"哥们,我从你身上看到不同时期男人的梦想,十八岁'首富',二十八岁'首付',三十八岁'收腹',你是个有梦想的男人,偶像派资深宅男,宅界一朵瑰丽的奇葩。"

　　也许有一天,若蛊突然想起我的那句话,"假如爱情没有被锁进房子,那它一定在路上"。他似乎不知不觉就来到了某个临界点上,再也无法忍受当下的生活。可他既不想继续，又不舍放弃。怎么办？只能打破沉寂，寻求突围。

一天傍晚，久不沟通的两口子同时出现在卧室里。若虫回避了目光对接，望向窗外，跟季萍说："我们不能再这么下去了，愿不愿赌一把？"

季萍："你是说……离婚？"

没想到这两个字最终还是从更为敏感的季萍口中道了出来。

若虫："我可没说离婚，不过……既然你主动提起来，说明你想离？"

季萍："我也没有主动提啊，我只是猜你要说离婚。"

若虫："我说的明明是'赌一把'，你要是没想过要离，又怎么会那样猜？"

其实，这些都是隔阂已久的夫妻间常有的废话，很多家庭都曾发生过。只不过他两口子属于同一类人：有知识，有能力，爱惜自身羽毛，有个性的同时，自尊心也过强了些。"离婚"二字对于两人来说同等可怕，如同一根紧绷着的弦，随时担心它会断掉，尤其害怕断在对方手里。

季萍："那你说'赌一把'，又是什么意思呢？"

若虫："被你这么一曲解，我得多考虑两天了，后天再说吧。"

若虫说完回书房打网游去了。两天的期限，其实不是为了深思熟虑，而仅仅是拖延决定罢了。

我没想到若虫第二天竟会约我出来聊这事。

若虫说："我一直搞不懂，离婚这种事，为啥一定要哭丧着脸，难道不可以有一点浪漫情怀？"

我说："你搞电视太久啦，现实生活中的情怀都是形式上的，是你自己赋予的，你想让某件事有情怀，那它看上去也许就像那么回事，但实质上往往不是那么回事，尤其是离婚这种事，大多狼狈得很，也鄙陋得很，还情怀？还浪漫情怀？你醒醒吧。"

若虫："这么说我可不赞同，既然我和季萍都不肯左右方向，那我就想和她赌一把，权当是掷骰子。"

我："哦？你想怎么赌？"

若虫："我想把我们的房子拿到房产中介去估价，然后挂牌，接着和她一起去旅行，无论中途经历了什么，等我们回来后，看看双方是想真的卖掉它还是撤回来。"

我："那你所谓的情怀，也还是形式，旅行就旅行，回来之后要是决定离婚，那再考虑挂出去，不离的话，中介都不用去，更何况，也不是每一对离婚的夫妻都需要卖房子。"

若虫："还是有区别的，我一定要先把房子挂出去，然后再上路，肯定没那么快成交，但至少表面上此事已成定局，成为一种压力，人有压力才会动起来，选方向，要想逆转，非双方共同出手挽救不可，这样也许才能置之死地而后生。"

我突然明白他的用意了，他是想背水一战，寻求突围，而不是为离婚多此一举。

我："讲得好听，我看你呀，不过就想自己不动，等着她来出手挽救。"

若蚩:"这个主意是我出的,我已经主动先走了一步,你能说我没动吗?"

我:"那倒也是,但愿你的良苦用心能换来好结果,但愿你们之间的感情比那套房子贵,也但愿你们最终经得起这么折腾。否则依你两口子死要面子活受罪的性格,一定会眼睁睁看着房子被卖掉,然后离婚,再分头去租房。"

若蚩:"那你去吗?带上林珊一道?"

我:"你至少也告诉我一声,你想去哪儿?"

若蚩:"我想走条线路,滇桂黔湘鄂,怎样?"

我:"我问问林珊,真决定要去的话,恐怕得开我那辆车,车况不如你,至少底盘够高。"

若蚩:"唉,我预感啊,拉你一块去,等于让你见证我们分手,真的,搞不好这就是一趟分手之旅,我猜都不一定走得到香格里拉,可能就分道扬镳了。"

我笑:"这不正是你想要的吗?掷骰子。安啦,明白你小子想说啥,该我起作用的时候,哥们哪回掉过链子。"

这一年,我和许若蚩都是三十八岁,他爱人孙季萍三十三岁,我当时的女友林珊只有二十三岁。这是一段未知的旅程,充满悬念。对他们两口子而言,也许决定着一个正确的方向,也许只是最后一场轻佻的游戏。天晓得会有什么事情发生。

谁都知道一所房子对于家庭幸福而言意味着什么。在躁动不安的社会转型期,个体左右不了大命运,面对小命运时往往也很无力。纵一苇之所如,凌万顷之茫然。生存压力每每考验着当代青年的价值观和婚恋观,尤其是国人所偏爱的房子,它是寻求安全感的救命稻草,却压得年轻人喘不过气来。

现实的人们,梦想着把自己与爱人,连同他们的爱情一同锁进一所房子里,并以此为轴心,开展为期一生的重复生活,直到与房子一道腐朽。我想,这也许便是七十年土地使用权的意义所在吧。束缚与冲动交织,圈定与突围博弈,爱情每时每刻都要经受物质的考验,结局真的好比掷骰子。

有的人崇尚自由,害怕安稳,喜欢四处漂泊,去过当代流浪汉的生活。而另外大部分人,却只有流浪之心,无论是生活还是爱情,不允许自己有半刻脱轨,最多也就是精神流浪。所以之于爱情,房子与旅行这两件看似风马牛不相及的事,彼此却有微妙关系。一个是将爱情固化塑形的工具,另一个是爱情借以突围的出口。一静一动,相得益彰,缺一不可。正所谓天下大势,分久必合,合久必分;而人生婚恋之大事,静久须动,动久须静。龟息未必能长久,折腾反倒见真爱。

所以我说,假如爱情没有被锁进房子,那它一定在路上。卖掉房子去旅行,只是作势要卖,敲打外壳,激活里面的爱情。

在生命的漫漫长河中,一对彼此相爱的人,能够借助旅行在那经年累月一成不变的日常之外找到另一种相处的方式,那是件无比幸运的事。他们也将因此而受益终身。如此可以设想,这一类人经常有机会在两种生活方式之间来回切换,可以从不同的角度去欣赏爱人及这个世界,并与爱人在不变的关系中一起品出不同的滋味,从而对他们长久的共同生活始终保持新鲜感。

此行计划,我当天就问过林珊,林珊兴奋地答应。次日,若茧那头也跟季萍达成了共识。季萍是这么回复若茧的:"好吧,除了新婚那会儿的蜜月旅行,其他时候我们都是各玩各的,五年了,总该有个交代,哪怕是最后疯一次,荒唐一次,我陪你到底,不留遗憾。"

04. 出师不利却换来好兆头

超理性的脑袋,只有能力计划日子,而无力去爱。一份爱,无须费尽心机辨真伪,你愿信,它便价值连城,怀疑,它便分文不值。

四月,正值我与林珊的热恋期,我们与这对形同陌路的两口子一道上路,去了云南、贵州、广西、湖南、湖北,去了林珊一直想去的西双版纳和普洱,看了哈尼梯田,还去了大理和丽江,在迪庆州的香格里拉我们共浴爱河,在普达措的湖畔我们山盟海誓。

而若蚩与季萍呢?

开我的切诺基上路,沿途我与若蚩轮流换手。为了此行,各人都付出了努力。我把公司丢给阿辉。林珊沿途不断发回她与季萍的合影，才令她父亲相信她是与闺密同行，而不是他讨厌的那个老男人（我）。若蛊最大的麻烦是要沿途应付女助理的电话纠缠。季萍则透支完年假又请事假。

真不赶巧，自我们出发那天起，暴雨就像粘在屁股后面的一条巨尾，怎么都甩不掉。行至黔东南，车被淹。幸好还能开，我一鼓作气开到贵阳。我们在贵阳休整了两天，见雨不住，只能冒雨继续赶路，直奔云南。

行至六盘水，我们遭遇了山体滑坡。当时是若蛊开车，车速很慢，我和林珊坐在后排。突然听到轰隆一声巨响，眼前一暗，身子前冲，紧接着土石沙砾灌顶倾泻。感觉车身在缓慢侧移，往下沉陷。就这样，我们几乎整车被埋，临山一侧的车门已被泥沙封死，车顶被巨石镇住，严重变形，另一侧车门也已经打不开了。顶棚吱吱咯咯地响，那是金属变形的声响，季萍蜷在副驾驶座位上抱头尖叫，我把林珊死死地搂在怀里。

幸好有一位好心人，叫来当地老乡，砸碎车窗，把我们一个一个从车里拖了出来。那位老乡不像贵州人，口音略怪，那是一种可以把"翻转"说成"发爪"的口音。当时他大意是说，幸好车体没有发生翻转，否则很危险，也更难出来。

我们离开公路，远远地守望事故现场，身后相继又有几辆车出事。林珊惊魂未定，把脸埋进我前胸衣襟，我不停地跟她说话，安慰她。季萍正在为若蛊查验身上的伤口。

等我想到要在忙乱的人群中寻找那位口音奇怪的老乡时，他却消失得无影无踪。未及当面言谢,遗憾至今。

后来道路救援赶来,把我们的车从土石中拖了出来。车子顶棚深瘪下去,惨不忍睹,看上去整车接近报废。我的相机虽然抢救了出来,却又在雨中泡了汤。但手机还能用,我赶紧联系阿辉,给我从上海找了一辆拖车,大约两天后能到。

若蛀后来跟我说,这事让他想起刚来上海时的那起车祸,发生在与我认识之前。当时他开着外地牌照在吴中路违章掉头,与迎面直行的出租车相撞,头破血流,短暂昏迷。对方报了警。在沪无亲无故的若蛀,站在马路中央,拿起手机却不知该打给谁。

为了奋斗,一切交往全与事业有关,身边竟没有一个能够倾诉苦闷的人,感觉自己像个弃儿,孤独,悲哀。他慢慢蹲下身子,七尺男儿竟难过地哭起来。这时对方出租车上下来一位额头轻微擦伤的女乘客,走到他跟前,递给他一张纸巾。若蛀没有拒绝,却忘记了去关心同样受伤的她。而她不是别人,正是他今天的妻子季萍。

他们真正相识,发生在一来二去的事故处理及商定赔偿的过程中。而多年以后的今天,他们再度遇到事故,季萍仍像当年那样主动来关心他。若蛀感慨,这是平淡生活中无法感知的。

尽管损失惨重,但此行看样子是来对了。出师不利,却开了个好头。

次日,我们未等上海的拖车赶到,乘火车离开了,前往昆明。

我们在昆明的宾馆里贪婪地睡了个饱觉,开始补充装备。计划中,我们要登那主峰 5396 米的哈巴雪山。现在回想起来,不知天高地厚。我们在昆明玩了三天,去了石林与滇池。回到市区,我重新买了一台单反。然后我们乘大巴一路南下去西双版纳。

从昆明到景洪,直线距离约 500 公里,公路长度却有近 800 公里。主要绕在玉溪至普洱。令人晕头转向的盘山公路也令我们有幸领略山区的少数民族村落。几乎每个坡巅上都可见住家,东边日出西边雨,烟波浩渺似仙境。云南是少数民族云集的省份,56 个民族,除了东乡、赫哲、珞巴、裕固四个民族在云南找不到,其他 52 个民族在这里都有地盘。

当大巴接近景洪时,林珊兴奋地大呼小叫:"我们就要到西双版纳了,就要看见热带雨林啦。"一路上,我"后脑无勺"的扁头差不多要被她拍成圆头了。

其实,中国哪来的热带雨林,最为近似的也就是西双版纳的所谓"热带季雨林"(tropical monsoon forest)。这个季节的降水量也不是一年中最大的,最大是在七月,会有两场雨,一场十六天,另一场短些,十五天。

进入景洪之前有边防哨卡,两名皮肤黝黑、荷枪实弹的女兵跳上车来检查。

我小声跟林珊说:"她们是来缉毒的,我好紧张。"

我这么一说,林珊比我还紧张:"怎么?你?"

我趴她耳边神秘地说:"我包里有一袋没包装的洗衣粉。"

气得林珊解下丝巾来勒我脖子。

到了景洪市内。"骚多丽好骚哦,毛多力好毛哦。"这是我们下车后学到的第一句傣语，意思是，姑娘好靓，先生好帅。我们入住事先预订的宾馆，四人围在一起，比照地图做起了攻略。初步看来，西双版纳的线路复杂，没有一个星期绝对不行。我们决定，先在景洪市内玩两天，然后包一辆车走线路。

那两天，我们一早去啰啰冰屋吃早餐，然后沿着澜沧江边散步，中午时分去湄公河咖啡小坐，下午泡泡温泉，晚上去财春青吃泰国菜，吃成"土肥圆"，再闲逛至购物街，淘来一堆银器。

我居然还与赌石店老板坐下来胡侃，喝完他一壶普洱，见滚圆的肚皮渐消，才抽了他一张名片，叮嘱他把叫价五十万最大那块给我留着。老板明显是老江湖了，看出我不是诚意买家，笑道："没事的，再来好了，交你这个朋友。"

晚上，我们又集体去酒吧街，寻点醉意。

两天后，我们包了车，去傣家村寨。我跟他们三个说："去过泼水节咯，毛多力盅今天要和傣家骚多丽来一场鸳鸯戏水，你们不许拖我老人家后腿，服务要跟上。"

林珊好奇地问："毛多力盅，你需要啥服务？"

我说："骚多丽珊，请帮我跟傣家小妹牵线搭桥。"

林珊："你们都看到了，是毛多力盅自己皮痒，到时候我泼他开水也是没话说。"言毕，在我肩背上噼里啪啦补上一阵绣花拳。

我们来到勐罕傣族村寨。这里一个村就有一座佛寺，当地信奉的是南传小乘佛教。

终于盼来了泼水节。如今傣族人民为了弘扬悠久的民俗特色文化,促进我国偏远地区旅游事业发展,以及地方 GDP 的快速增长,天天陪着游客过泼水节,想想都替他感到幸福。

泼水节的确蛮开心的。白象,花伞,金色尖塔,赤脚露脐的傣家妹子绕场迎客,一场仪式后紧接着一场歌舞,然后所有人都涌入一个大水池,开始对泼起来。傣家小妹夹在游客当中,情绪饱满,每一场都泼得激情四射。

他们三人集中水力朝我一个人泼。后来林珊过来帮我,变成两男两女对泼。可对面两口子之间却不肯互动,一副相敬如宾的样子。不过勉强不来,感情的弥合是缓慢的,需要一个过程,更需要一个契机。其实这时我心里已有一条妙计,暂时不能告诉他们,连林珊都不能透露。结束后,我们四个落汤鸡聚在一处,看着彼此的狼狈相傻笑不止。

那天下午太晚了,我们没回景洪,司机师傅安排我们在勐罕住下。住进了林珊梦寐以求的吊脚楼。

次日一早,司机师傅带我们去他一位傣民朋友的家中做客。他这位朋友名叫朗伦,起先我以为是跟司机师傅年纪相当的小伙子,可一见面才晓得,来傣民家做客,一般都是主人发出邀请,而一家之主必定是年长者。

按照规矩,我们四人脱鞋登上朗伦家的吊脚楼。三室一厅的格局,干干净净,卫生间设在露台上。我们进门时,朗伦的大儿子还没起床。朗伦操着生涩的普通话跟我们介绍他家的构成:目前只有大儿子跟老两口同住,老二老三搬了出去。朗伦老人重点向我们介绍

226

墙上的一组组照片。那些照片看上去很珍贵,记录着不同时期这个家族的成员,以及来访过的尊贵客人。

傣族至今还保留着母系氏族社会的种种痕迹,女娶男嫁,组成大家庭。一大家人都住在吊脚楼上,有平面,有错层,复式的倒是少见。条件好的家庭,按辈分房。条件差点的,小夫妻睡中间,与长辈仅以蚊帐相隔。想想可真够尴尬的。

林珊有感而发,跟我说:"母系氏族可真好,我老爸做不了主,只能听我老妈的,而我老妈事事都听我的,那样的话我说娶你就娶了,谁还敢嫌你老?"

在主人的许可下,毛多力盅在吊脚楼上及朗伦家院子里那些叫不出名字的植物前拗了很多造型,拍了很多照片。若虻和季萍还是老样子,他们想留影时,会分别来麻烦我和林珊,只拍单人照。后来在我多次怂恿下,两人才扭扭捏捏站到一起,拍了张合影,肩膀之间都能夹一只苹果。我真想不通,一路走来,两口子都是睡同一间房,还都是大床房,可就凭眼下这生分劲,他们是如何分配空间才做到互不侵扰、相安无事的?

我终于沉不住气了:"你们俩搞什么啊?夫妻怎么就做到这个份上了呢?那要么今晚我跟若虻睡一屋,你们两位女士一块住?"

若虻犹豫间摇头:"那样的话就不能订大床房了,价格又上去了。"

其实我很明白,大床房和标准间都不是重点,关键是两人都爱面子,谁都不肯主动去讨好对方,都等着对方先行动。可一旦要把他俩分开，又感觉怪怪的。可想而知，他们的冷战已打了多久，彼此间隔阂已多深了，也许早已形成某种独特的相处方式，日积月累不断地固化。

吊脚楼、兽皮、大象、佛寺、孔雀、斗鸡、泼水节，还有那口香糖一般嚼不烂的波罗蜜——这些我对傣族印象的关键词，也真够琳琅满目的了。我们在勐罕待了两天，第三天没回景洪，直接去了位于勐腊县勐仑镇的葫芦岛，中科院热带植物园就坐落在那里。

来到葫芦岛，长知识了，各类热带植物在这里应有尽有，看得我们眼花缭乱。我们见识了植物世界神奇的绞杀现象、板根现象、老茎生死、空中花园、独树成林、落地生根，还见识了原始茂密的热带雨林。这里还有一种神秘果，只要吃上一粒，从今往后味觉就会遇酸变甜，真是闻所未闻的神奇。

林珊跟我开玩笑："毛多力盅最爱吃我的醋，快！吃一粒神秘果把病治了。"

走在园子里，天生怕虫的我高度戒备，一路鸡皮疙瘩。这里随处可见浑身长满黑毛的巨型毛毛虫，肥硕的怪物，有时它们会从头顶的树上掉下来，体内绿汁都摔出来了，却还在地上奋力爬，让人毛骨悚然。

在葫芦岛被烈日暴晒了一天，当晚我们赶回景洪，去南过境路上的烧烤一条街吃晚餐。那是一条吃货们从这头走到那头口水都会流干的街。我们选了一家叫曼听小寨的烧烤店，这家店给我留下最深刻印象的是烤鱼，那叫一个鲜美。

景洪市、勐海县、勐腊县，按计划我们在西双版纳待满了一个星期，然后离开，还是乘大巴，去大理。

一路上我们的心一直悬着。双层卧铺大巴本身就瘦高，还要在九曲十八弯的山路上左右急转。不过沿途的哈尼梯田算是对我们最大的补偿。山路曲折，我们几乎能从任意角度欣赏那番壮美。若蛊的单反相机，仅这一路便按下了三千多次快门。

苍山，洱海，古城，大理也就这么三样宝。海拔约 2000 米，我们也还能适应。

此行我与若蛊还肩负一项公益使命，就是要去洱海边上一座叫小邑庄的白族村庄，给小邑庄完小简陋的图书馆送去一些科普书籍，另外还有些在 QQ 群里募集的捐款。若不为这一层，我们也许不会来大理，而是直奔丽江，然后加入另一支越野车队从滇西入藏。

到大理后我们先在古城内住下，我买了些当地的雪茄，为林珊买了两罐高山氧，以防万一。

次日，我们四人徒步三十公里，斜穿古城至洱海边。如愿完成既定使命，并与小邑庄完小的师生们合影留念。后来我们还决定陪孩子们一块下洱海游泳。由于水太凉，最终只有我一人下水了。可在我上岸换干衣服时，发生了一个不大不小的"险情"。

05.崩溃疗法，分头艳遇

我上岸的地方是个船坞，我远离人群，让林珊用遮阳伞帮我挡住。可林珊笨，面朝我站，完全没有觉察背后正有人朝我们靠近。那人是季萍，她是跑过来给林珊递饮料的。

等季萍走到近前时，这危险的一幕被我和远处的若蛊同时发现，几乎同时高声惊叫。我喊的是"别过来"，若蛊喊的是"别过去"。季萍这才意识到自己误闯了"禁地"，红起脸，返身逃离。

有了这么一瞬间的反应，我心里有数了。对于若蛊而言，无论夫妻关系恶化到何种程度，季萍始终都是他的"内人"。而男人对内人的要求，必定是"非礼勿视"。刚才的一幕便是本能，逃不出常理。据此我预计，一路上酝酿的那条锦囊妙计大约将会在丽江派上用场。我要抓的正是男人女人共有的这个 bug，以毒攻毒。

我们在大理待了两天，主要是逛古城。在大理，我们就不再是骚多丽和毛多力了，而改为金花与阿鹏。我又有了新名字——鹏阿三。我问过他们，为何不按常理出牌，叫我阿鹏蛊。他们骗我说，还是"鹏阿三"好听。

这里是户外运动的天堂，有热爱徒步的背包客，也有成群结队的单骑客。这里是文艺青年的天堂，有借宿老宅一隅，席地喂猫的文艺女青年，也有与狗狗戴同款头巾的文艺男青年，还有寻找流浪感的卖唱学生。这里是旅游商业的天堂，有领着儿子四处寻找转让店铺的外国女人。当然，这里还是结识陌生人的天堂，有形形色色新奇的街头搭讪……

但古城也就那么大，逛完便不想继续逗留。我们乘火车去了丽江，沿途林珊与季萍要好得像对亲姐妹。

丽江同样聚居着多民族，以纳西族为主。刚到丽江，我们入住了古城内的一家"米粒小栈"。客栈老板娘给了我们两间紧挨在一起的复式房，楼下是宽敞的客厅、卫生间，楼上是温馨的卧房。推开楼上卧室的门，还有个别致的观景露台。林珊和季萍都很喜欢，隔着一条深巷，站在露台上说笑。

这里的海拔在 2500 米左右，也还好，四人都能适应。刚一入住，我便坐在客栈院中央的秋千吊椅上与老板娘聊了起来。

老板娘是杭州人，长得漂亮，她说她第一次来丽江，爱上了丽江。

第二次来丽江,爱上了丽江的人。第三次来丽江,爱上了丽江的一个男人。于是她决定留下来。这间店由她独自打理,虽然都叫她老板娘,但老板一职空缺。她老公是个生意人,来往云贵川,反倒常年不在丽江。

假如你在乏味的某一瞬间曾渴望邂逅一场艳遇,那你必定想过来丽江。

那些曲径深巷,泛着月光的石板路,开满鲜花的窗台,街边阴凉的一角,还有那风情满盈的歌谣,都曾在你午夜梦回中浮现。任一缕温暖的阳光,任一片斑驳的墙影,都让你嗅见这座小城的暗香。她就像一个穿着五彩布裙的纳西族小姑娘,你不知道她叫什么名字,只远远望见她曼妙的背影,但你希望自己会喜欢她,不甘心回到乏味而失落的现实,于是迫不及待想追到她前面,然后转身,一睹她的芳容。

在丽江,我们又不叫金花和阿鹏了,变成了胖金哥和胖金妹。因此,我的绰号也那么快又变了,他们开始叫我"金三胖"。但他们似有未卜先知的本领。这令今天的我感到神奇。细想其实也不奇怪,在"三盅"这个名号中,取"三"还是取"盅",全凭顺口,图个好玩。

翌日中午,我们在丽江古城的小吃街上吃了十几种美食,肚子快要胀爆。然后整一个下午,我们就窝在舒服的客栈里休息,只等晚上再出来走动。

丽江的夜,很骚。来自五湖四海的骚客云集此地。无论在何地,只要你相中了某人,搔一搔他(她)的手心,便表示你对他(她)有意。这里不只有胖金哥才会去搔胖金妹的手心,反过来也很常见。

到了晚上，我们聚在庭院里。

我故作忧愁地说："唉，我是最怕痒的了，就怕我到时候被人包围起来轮挠，这可怎么办呀？"

若蛊和季萍在一边偷笑。林珊也装作一本正经地说："都听见了吧？就连安全系数最高的金三胖都会被轮挠，我看我们还是别出门了，外面太危险。"

只是说笑，林珊和季萍各自回屋打扮去了，庭院里只剩下我和若蛊。我趁机给他讲了一个故事，那是真事，是我家小区里的一对邻居夫妇，男的五十三岁，女的四十九岁。两人结婚二十五年，可谓老夫老妻了，但多年来他们却喜欢玩同一个有趣的游戏。

他们几乎每周都要约好时间，去同一间酒吧，彼此装作陌生人，等着有人来跟他们搭讪。有时，两人都会被人搭讪。这个简单的游戏一玩就是好多年，夫妻俩的感情竟然好得一塌糊涂。

若蛊问："那你说，这究竟是怎么一回事呢？"

我说："夫妻做久了，都会患上近视眼，各人身上哪怕有再多优点也会变成对方眼中的盲点，视而不见。即使你优点再多、魅力再大，给对方的新鲜感和刺激点却已经弱了，没了。凝则盲，必破之，方可见天地。你还可以设想'光生伏特效应'，我们需要的是电，却可以从太阳光那儿借来。同样的道理，在我们的眼中，对爱人的审美已经疲劳，我们需要的是新鲜感，新鲜感也能借吗？我说当然能，借助第三方视角，来唤醒原本已经麻痹的知觉。当夫妻双方看到自己的另一半那样受异性欢迎，他们便会下意识纠正自己眼中的对方。懂了吗?"

他若有所思,点点头:"嗯,有点道理。"

我但愿他已经懂了,已经受到某种启发,并且就在今夜会有所行动。否则的话,我真的不敢保证还能想出更妙的点子。其实说白了这就是一种崩溃疗法,就是要利用肆虐于丽江的这股艳遇妖风,让两口子陷进去,进而达到相互吃醋的目的,最终激活彼此内心深处的占有欲。

林珊和季萍相继出来了。我和若虫也起身准备出发。

林珊突然问我:"咦,金三胖那么怕痒的人,也敢跟我们一道去?"

我潇洒地一甩头:"谁怕谁,气质好,无所谓。"

商业总会有心无意去迎合低俗。尽管在 2008 年那会儿人们没把艳遇这回事看得很低俗,反而当成一个新鲜事物,甚至上升为特色文化。谁都想在风景秀美之地开一间酒吧,乘"艳遇文化"之东风,在"艳遇产业"中大捞一笔。但要搁现在,放到内地,那就是扫黄的重点关照对象。

那时丽江的酒吧业还不像今天这般酒托满地跑,艳遇就是"巴巴适适"的艳遇,那是童叟无欺的。不过讲句肺腑之言,跟上海真的不在一个格调上,特别适合从小吃街叫来两笼狗不理和三串臭豆腐,最好再来一碗过桥米线,端到里面铺开摊子吃起……

那晚我们选了一间人最多的酒吧,挤了进去。我故意把林珊拉到一边的角落里,远离他俩。我把我的计策跟林珊和盘托出,她一听,兴奋坏了,好像摇身一变成了个地下工作者,有使命感了。

我们坐了下来,点了酒,借着人头的掩护,躲在暗处静静观察。若蛰果然左顾右盼在找我们,没与季萍坐同一张桌子。季萍看似也习惯了,独自坐在靠窗的位子上。然后他们各点各的酒水,季萍点的是鸡尾酒,若蛰点的是扎啤。

不出几分钟,两人的对面都有人坐了。果然是都被搭讪了。我说嘛,两人的条件分别都那么好,怎么会没人稀罕呢?我心下欢喜,趁林珊不备,挠了挠她的手心说:"哈哈,成了!"

林珊却说:"不要骄傲自满,我看还没取得最后的胜利,吃醋这种事你最有经验了,陌生男女搭讪聊天,你觉得算啥尺度呢?"

我说:"安啦,怎么会只是聊天那么简单呢?耐心等着吧,一定会有事。"

半个钟头后,眼见着若蛰和季萍的酒快要喝干了,我也着实替他们捏把汗。终于,若蛰先站起来,领着对面那位女士要离开。他站起的那一瞬间我就知道,今晚出门前跟他讲的那对老夫老妻逛酒吧的故事起作用了。他不仅领会了精神,还真抓实干,贯彻到行动。

还未及若蛰与那位女士走到酒吧门口,季萍也坐不住了。很显然,若蛰的一举一动,从未逃出过她的视线,无时无刻不在牵动她的心。她与对面的那位男士讲了点什么,也双双起身离开,紧随若蛰身后往外走。

我跟林珊说:"我们也该走了,到外面接着看戏。"

那晚,三对男女,六个人,绕着木府转啊转,玩起了追逐与反追逐游戏。我和林珊更像是跟那两对男女在玩躲猫猫,我们不能被他们看到。

我发现一个非常有意思的现象,尽管若虫和季萍身边都各自有伴,却都不肯主动远离对方的视线。似乎他们在担心同一件事,装装样子也就罢了,可一旦跑丢失散,恐怕过后谁都洗不出清白。就这样,忽掩忽现,闪闪烁烁,彼此间的醋意拿捏得恰到好处。

天太晚了,林珊倦意难当,我见大局已定,便背起她回客栈了。

第二天早上起来,我在庭院里见季萍正在晾衣服,连若虫的内裤也一起洗了,这一路上还是头一回看见。直到这个时候,我才敢在心里庆祝胜利。

丽江古城,白日里有很多公益活动在此发起。上海海事大学的活动令我眼前一亮。也正是从这一天起,我在古城终于学会了一门手艺——迷路。我们在古城一住就是五天,熟能生巧,我带着林珊,迷路技术越来越精进。

还有,一直以来,我分不清康巴和东巴,这回总算弄明白了。我不是从地理上明白的,而是通过文字。从古城出来就能看见,丽江公交车的屁股后面都有一串东巴文。一个字,基本上就是一幅画,比象形文字更象形。好看是好看,不过书写起来就太费劲了。

直到去迪庆州的前一天,我们才去了那个需要交古城维护费的黑龙潭。进去一看,很想让他们贴补我一些情绪修复费。

离开丽江的那天,我看见彩虹。我还看见季萍的手上不再拎包,我问她包有没有落在客栈。她腼腆地笑,说是已经塞进若虫的大登山包里了。

丽江,每天都有大量的寂寞单身女孩涌向这里。我由衷地说:
"直到离开,我也没能彻底理解这座城市。"

林珊说:"那可能是因为你老了。"

我说:"不!恰恰相反,是因为我年轻到纯洁的地步。"

众人皆呕。

基于入藏的复杂性,我们从丽江随团去了迪庆州的香格里拉。
大巴摇摇晃晃地上了滇藏公路。

藏族导游用很不标准的普通话问:"大家知道吗?这条路为什么
叫滇藏公路?"

我抢答:"意思是说,这是一条颠簸内脏的公路。"

我的回答引来整车哄笑。我没讲假话,确实被这条路颠得五脏
六腑都移了位。

哈巴雪山就在眼前。天气预报过了丽江就成了"天气乱报",这
里一山有四季、十里不同天,波谲云诡,气象万千。可无论从哪个角
度远眺过去,我也只能看到哈巴雪山的底座。

若蛊说:"哈巴雪山是不可能上去的,干脆改去梅里雪山吧?"

梅里雪山,主峰卡瓦格博峰海拔高达 6740 米。据说至今无人能
征服它,日本国家登山队曾全军覆没,无人生还。

我说:"好的,我在下面给你打拍子。"

但我们从迪庆州回来后,最终还是圆了林珊的雪山梦,只不过我
们去的是玉龙雪山,搭索道上去的。随后还去了泸沽湖。

不久,我们来到了金沙江、澜沧江、怒江的三江并流处,这里号称

长江第一湾。不过，并没有想象中那么壮美。这验证了看景永远不如听景的老道理，有些东西，真是不看终身遗憾，看了遗憾终身。

我们又去了虎跳峡。这里山势险峻，水流湍急。巨大的落差与拐角，致江面如沸水翻滚，奔腾如虎，气吞万里。靠近它的那一瞬间，我都担心林珊会被奔流带起的强大气流卷走。

峡谷太深，上下一回，把人累到半死。季萍今天换了双新运动鞋，未经磨合期，直接拿来徒步，脚一时没适应，磨破了。我让若虫背她，结果还没等若虫表态，季萍赶紧说没关系，小事。我想，得，尽管两人正慢慢靠近，但冰冻三尺非一日之寒，恐怕还需我给他们加把火。

我故技重施："那要么我来背？"

这一回，那三人共同反对我一个。季萍自然是因为难为情，若虫与林珊却联起手来吃醋。只能作罢。后来林珊故意拖在后面，越走越慢，最后走不动了，坐在阶梯上。我停下来陪她休息一会儿。

林珊说："我不走了，你背我。"

我说："这个坡太陡了，背不动，也很危险啊。"

林珊："哦，我不管，你都能背季萍姐，我比季萍姐轻多了，你为什么就背不动？"

没有办法，我只好背起她，紧抓护栏，往上爬了一段，直到我筋疲力尽。

这里的山，真美。绝壁上若隐若现似有凹槽。那便是古老的茶马古道，是旧时马帮用命踩出来的。在过去，没有滇藏公路，那些古道便是进出香格里拉的唯一通道。

我们来到中缅边境的"三色中心"。三色分别是白、黑、绿,层次分明,壮美止于此。可它们的寓意却并不太诗意。白色是天空的颜色,代表毒品;黑色是山的颜色,代表军械;绿色是草原的颜色,代表翡翠。这三种颜色三个象征,恰能代表这一地域最显著的特色。如《消失的地平线》中描述的那样,这里便是距天堂一步之遥的香格里拉。

进入藏地之后,海拔在升高,平均 3200 米。原先的活力氧、高山氧已经没什么效果了,我给林珊换了一大罐医用氧。但实际上我的反应比她大得多。这里随处可见补氧站,我已不敢想象普达措近 4200 米的高度我还能不能去。在我们前去观摩藏地唐卡的途中,我呼吸开始变得困难,没走两步就喘不上气。

车子在一片草原上停下,导游让我们下去放牦牛。这里遍地是牦牛,那是三四千米海拔的高原特产,浑身是宝。导游说,今晚去藏族同胞家中拜访,要杀一整头牦牛,一定让我们过足瘾。

这里遍地都是的,还有格桑花。

"藏红花!藏红花!"林珊兴奋地大叫。

我说:"我拜托你小点声,要被人笑死的,藏红花可精贵着呢,这叫格桑花。"

到了藏地,男的叫扎西,女的叫卓玛。此前"金三胖"绰号又被他们改了。他们开始叫我"扎缺西",再也不出现"三"或"盅"字。"缺西"是上海俚语,有三个版本的释义。一种是咒骂语,同"屈死",演变为口头禅后,少了些尖刻,多了些调侃。另一种,是"糊涂""十三"之意。还有一种理解是,打麻将总缺一门西家,显得不着调、不尽兴。

这里的居民靠天吃饭、靠山吃饭,一生只洗三次澡,以拥有牦牛数量计贫富,却也有着多如牛毛的禁忌,那些多与宗教信仰有关。他们的五根手指用途不同。拇指意为感谢;食指只许佛用;中指当筷,搅和酥油茶和青稞面;无名指的用途最为神奇,是用来装孙子的,每遇喝高时,蘸青稞酒弹洒,敬天地父母,由此可不必再喝;小指抿唇用来骂娘。

你不能拍藏民的肩,你以为是表达友好,人家却理解为不敬,要跟你干仗。当然,更不要说拍头了。这里的司机是专拉牛羊的,所以"司机"并非敬称,一路上我们不管大巴师傅叫司机,只敢叫他扎西。藏语里,吃饭叫"干饭";我爱你叫"我嫖你"。相应地,《老鼠爱大米》应该这样唱:"我嫖你,嫖着你,就像老鼠嫖大米。"

这里的主食是青稞,土豆5元/斤,鸡蛋1元/斤。你买菜的时候若说:"扎西,5元给我6斤鸡蛋吧?"扎西会摇摇头,规规矩矩称5斤给你,收你5元钱,然后再送你2斤。我觉得这与高原缺氧多少都有点关系。

我们的车子继续往高处走。我的指甲与嘴唇开始泛紫。仿佛一切都在膨胀,我随身带去的李子,个个爆裂。即将爆裂的还有我的膀胱。我开始变得嗜睡,眼睛睁不开,记忆力减退,大脑变得迟钝。一个随身包整理了五遍,还是整理不明白。一句话脱口,怕口误,自我强迫式地要再重复一遍。

林珊和季萍倒还好,若蛊跟我一样,也不太行了。我看他眼睛一眯一眯,蔫不拉几的样子,就知道他恐怕也开始有反应了。不过令我想不通的是,当年在他拍318国道的时候,那个海拔比现在高,他是怎么熬过来的?

我问若蛊:"咋样?你还好吧?"

若蛊睁开眼,摇了摇头:"不行,睾丸反应。"天,连"高原反应"都能说成"睾丸反应",看来确实不行了。

06.分手之旅终成二度蜜月

傍晚时分，藏民家终于到了。我扛着一颗沉重的平原脑袋，朝门口彪悍的康巴汉子道了一句沙哑的"亚克西"，然后就想混进去。可那汉子没听懂，一脸疑惑地望着我。我突然想起来，"亚克西"是新疆话，于是赶紧改口说"巴扎黑"，可那汉子仍有些糊涂。我背后的林珊提示我："你应该说'扎西德勒'。"

那位汉子笑了，一个原谅的笑，他给我献了哈达。我点头致谢，把哈达当围巾，绕脖子一圈，进了门。刚一进门，导游像是意识到了什么，突击为我们恶补了几句藏语。

"呀咻"是棒、好之意。"扎西咻扎西咻扎勒个西巴咻"，这句话比较长,导游特意帮我们强记,说以前曾有个游客把这句藏语念成了"炸厕所炸厕所炸了个七八所",从此传为一段佳话。妥妥地记住。

进了院子,上了楼,才发现藏民家可真宽敞。藏民一生有三大梦想:一是每年往父母的锦袋里添一粒以齰龇心肝肺做药引的七十二味珍珠丸;二是修建这样一所大房子;第三是变卖所有家产去拉萨朝圣。所以我想,这样的大房子大约也只是过渡,为了去朝圣,指不定能不能保住。当然,这仅限于那些勇于去实现梦想的人。

今晚的访客,可不止我们一个团,人数比我们原先想象中多多了。不过导游说,已经说好了的,保证我们团分到的是一头最大的牦牛。

众人落座,主人家先给我们每人上了一把青稞面,抓点糖撒在手心,一口吞,不能笑,否则高原上被呛到,会死得很难看。然后再给我们上酥油茶。这么做的目的其实是抵消初饮酥油茶时的腥味。那酥油茶是用普洱茶加牦牛奶混合而成,自然是有腥味的。

接下来我们把青稞面大把抓进酥油茶中,然后比出中指,搅拌、和匀,再捞起来放在手心里捏啊捏,揉啊揉。可真够原生态的。后来我一问才知道,大家进门前竟都没洗手。别人我就不知道,我可是一整天尿频……

最后,我终于将手里的面团揉成一坨很奇怪的形状。

我问林珊:"像不像便便?"

林珊狂笑,差点呛着。

就这样,我们喝着青稞酒,吃着牦牛奶酪,翘首以盼今晚的大菜——牦牛肉。

我们这桌的牦牛肉最先上来,果然是非常大一头。青年们激动了,争先恐后拍照。但那个分量实在太恐怖,就光我们面前的那一大盘,能干掉十分之一都算我们是超级大胃王了。

我们放肆开来,熟练地运用五指筷,大碗喝酒,大块吃肉,嘴里还要高喊"呀咻呀咻呀呀咻",等下面的节目开场。

酒过三巡,藏族歌舞开始了。平心而论,若以春晚为最低艺术鉴赏标准的话,这台歌舞也太没艺术追求了,连春晚都不如。不过还是那句话,原生态,图个热闹。这帮扎西和卓玛,可都不是舞蹈团出身。

后来,晚会进入高潮,一群扎西和卓玛带着大家围成一圈跳藏族舞。这是我的强项,"睾丸反应"顿消,一猛子扎进人堆,那叫一个欢实。可没跳两步,一口气上不来,被若虫和林珊架到了一边。

我猛吸几口氧,跟若虫说:"来,哥们,扶我起来,我想再试试。"

我突然想起一件事,我把那三人从人群中拉回桌前坐下。林珊一落座,再次抵挡不住牦牛肉的诱惑,抓起一根大腿骨又啃了起来。其实用词不当,那不叫"抓",简直就是"抱"。

我忧心忡忡地说:"我快不行了,怕是熬不过今夜,我想最后再跟你们玩一个欢乐的游戏,大家都要拿出真心诚意来玩,好不好?"

三人齐声道好。

我说:"游戏规则是这样的,从我开始,每个人都要说出自己的最爱,然后亲他(她)一口,我先来,我扎缺西最爱的是林卓玛。"

说完,我一指头掂起林珊的下巴,见她嘴里鼓鼓囊囊全是牦牛肉,嘴边一圈油光锃亮。我也管不了那么多,凑近脸去象征性亲了一口。

我说:"看见没?就像这样,好了,林卓玛,轮到你了,要走心。"

林珊面无表情埋下头,嘟嚷了一句:"我林卓玛最爱的是牦牛肉。"言毕又大口啃起骨头。

我没想到她会掉链子,突然就不肯配合我了。我原本心里很有把握,赶在气氛最热烈、大家最开心的时候,借着酒力逼两口子真情流露。这下倒好,季萍乐坏了,有样学样,赶紧也抓起一根骨头说:"我孙卓玛最爱的也是牦牛肉。"

我见若蛀在边上笑得喘不过气来,赶紧帮他顺顺背。

可我转念一想,到了这个环节,若蛀非但没有如往常那般尴尬,反而笑抽过去,可见两口子的关系如今已朝前迈了一大步。既如此,这个游戏反倒多此一举了,也许仅能验证"疗效"。况且并非人人都惯于在大庭广众之下秀恩爱。

香格里拉的夜生活到此结束,村口阿黄汪汪叫了两声,县城那座高达六层的地标建筑灭了亮光。我们也告别藏民家,回了酒店。

我们住在与藏民家一样格局的房子里,门上有布帘,门边挂着野山鸡。屋内几乎所有物件都有精美的图案。

香格里拉的夜晚太恐怖,接近零度,很冷。我的高原反应加重了,胃开始痉挛,一整夜尿频,头昏脑涨。高原上本来就容易消化不良,再加上昨晚牦牛肉吃得太多,后半夜,我开始上吐下泻。一边吐,一边泻,一边还要与马蜂那么大的蚊子奋力搏斗,苦不堪言。林卓玛倒是可以，睡得不省人事。最后我总算眯了一会儿，可一觉醒来，竟然流鼻血了，还伴有低烧，感觉四肢无力，像被抽了筋。

这一天，我们去了正在申报吉尼斯纪录的史上最大转经筒。可我高反，口舌不利索，跟林珊说的是"迪斯尼纪录"。林珊已然习惯，顺着我的话说："错啦，是比基尼纪录！"我意识到对佛不敬，六字真言咒赶紧念起来："唵嘛呢叭咪吽。"不过我心里嘀咕，佛教的事，要不要如此高调的虚荣？说到底，还是为了发展旅游产业啊。

我们在月光古城转了转，请游客帮我们四个人在玛尼堆前合了一张影。是的，那正是经常被我反过来念成"尼玛堆"，也经常把它与蒙古敖包混淆的那种飘着彩旗的石堆。但我们谁也不会想到，这张合影如今已成"绝唱"。别误会，人安好，只是那月光古城于2014年初被一场大火烧成了灰烬。这正应了我那句话：美景可不等你有钱有闲，世间有些美景正在消失，有些则在可预测的未来即将消失。

接着，我们又去了朝思暮想的普达措。

普达措的美，真是身在平原永远也领略不到的。圣湖就像一面镜子，照得见人的内心，它美得高贵，美得圣洁无比。我们沿着湖边走了好大一圈，随处可见不惧人类的松鼠。喂它饼干，它会先舔舔，感觉味道不错，才会大口大口地啃起来。

离开普达措，我们回到丽江，换了个团，又去了玉龙雪山和泸沽湖。然后又回到丽江，从丽江乘火车回到昆明。云南省内的交通的确就是这样不发达，全是山区，没办法。后来我们从昆明又飞去了桂林，然后才去了长沙。长沙是我们此行的倒数第二站，也必定会成为若蛊和季萍永远的福地。

到了长沙,待了五天。我们去了湘江、橘子洲、岳麓山上的岳麓书院和爱晚亭,还有坐落在岳麓山脚罕见的开放式校园——湖大。

若从现代化的角度看长沙,只能说一般般。而历史沉淀,又难与百年上海滩相提并论。我一向自诩擅长发掘城市人文之美,无论到哪旅游,总会随身携带单反相机。但别误会,我不过就是个快门杀手,一堆照片里挑挑拣拣,精选不出几张像样的。这跟若蛊这样的专业人士不好相提并论。

这天夜晚,我们四人信步江畔,见到了孔明灯。上海早就禁了,这里却十元一只,随意放。

林珊的文艺情怀油然而生:"有孔明灯的城市是有情怀的,也是幸福的。"

我却感慨:"唉,究竟是祈福许愿,还是过失纵火,仅仅是一念之差。"

若蛊却站到了林珊的一边:"过于理性的生活,怎么说呢,也挺悲哀的。"

季萍是夫唱妇随:"嗯,我也觉得城市管理不能因噎废食。"

好家伙,又是一个三比一。不过此行我还是头一回听到季萍公开挺自己的丈夫,倒也蛮欣慰的。

长沙绝对是个吃货的天堂,食材尤以水产最为突出。流经西南一带,无论是怒江、澜沧江、金沙江,还是漓江或乌江,都比不过湘江的水产鲜美。这里有湘江鳊鱼、草鱼、鲫鱼、花甲……这回可饱了两

247

位女士的口福。

　　长沙的小吃那就更多了，以火宫殿为龙头的潇湘特色小美食，那叫一个铺天盖地，步步挠心，时时挑逗着我们的味蕾与胃口。这里的蒸菜极为平民化，点心也不拘造型，平实美味。各色湘味菜式以味取胜，皆不摆身段，且便宜得惊人。相比之下，上海的美食就差了好远。

　　有一种糕，唤起季萍儿时的记忆。她说记得以前七宝老街上有一种松糕跟这个很像。没有豆沙芯，糕面上也没有色泽光鲜的果脯蜜饯来点缀，就是很朴素的那样一坨。蒸时吸水性很弱，出锅仍旧蓬松，不黏腻，不粘盘底，甜度也适中。当中若再嵌一粒橄榄，芬芳四溢，当饭吃都没问题。

　　林珊声称吃过她说的那种老街松糕，确实好吃，可跟眼前这种似乎又没法比。

　　若蛊笑了："女人不是最怕胖了吗？怎么看起来你们好像要把这里的美食吃个遍啊？"

　　难得一回，季萍正面回应了若蛊的话："谁说要吃遍了？我只说七宝老街的松糕嘛，现在好像买不到了，你在我爸妈家吃的都是有豆沙芯的。"

　　这几天在长沙，两口子进展神速，起先我发现他们偶有扭扭捏捏的牵手。发展到后来，他们开始变得神出鬼没，经常走着走着一回头，两人突然没了踪影。第一次我以为走散了，打电话找他俩。可电话还没接通，他们又神兵天降似的突然出现在眼前，电话显得多余。

　　除了美食，我们还体验了长沙的夜生活。

有一晚走在人民西路。在黑夜的掩护下,一股冲动在暗流涌动。我又有新发现。在两口子再次双双消失后,我干脆不打电话了,就沿着来时的路回头找,结果在一个窄巷里瞄见了他们。两人正缠缠绵绵拥在一个角落里……我不好意思打扰他们,索性退回林珊身边,原地等候。等他俩跟上我们之后,若虫装模作样,跟季萍点点头,说长沙的夜还算妖娆,夜生活也还算丰富。

我说:"那咱们四个也别总扎堆在一起啦,快回家了,我和林珊想过一两天二人世界。"

听我这么一说,四人相视而笑。行程将了,一段婚姻最终得以挽救,生活重启,爱情再一次扬起风帆,上路了。

到了武汉,我说:"喜欢热干面和鸭脖子的地方,群众的味蕾一定是被雷劈焦了。"

这回若虫大概是基于"报恩",开始毫无顾忌地挺我。但林珊和季萍可不认同,这两样恰恰是她们最爱吃的。

正应了那句"才饮长沙水,又食武昌鱼"。汉水多产武昌鱼,一种酷爱回流的鳊鱼,宽宽扁扁,肉嫩刺少,拿来做火锅食材或烧烤都不错。在武汉的最后一顿晚餐,我什么菜都听由他们,唯独自作主张点了一道清蒸武昌鱼。可品下来,还是不如湘江鲫鱼。

事先说好,这最后一顿是由若虫请客。因此我又发现一个很有意思的现象。点菜的时候,季萍坐在若虫边上全程监督。

她一个劲地说:"好了,好了,别一下子点那么多,先吃起来,不够回头再点。"

我心里敞亮,这个时候的季萍已经开始为他们共同的荷包操心了。女人都是差不多的,只有当她们确定与某人有着长远的共同生活,才会心疼男人的钱。季萍后来跟我补充了一句话,更是验证了这一点。

她说:"讲是讲当了老板,可他那个公司呀,现在根本就不赚什么钱。"

大多数情况下,男人需要的是一个女人,而女人渴求的是一段婚姻,只不过,婚姻里恰好也缺少不了一个男人。对于男人来说,女人在哪儿家就在哪儿;对于女人而言,家在哪儿男人就待在哪儿。男男女女在这对并不十分尖锐的矛盾中寻找着各自理解、尺寸不一的"爱情",最终都会被自己打败。能够促成并且延续婚姻的,唯有"妥协"二字。即使现实条件并未发生改变,心理变化却是天壤之别。

从长沙回上海,我们选择了乘动车。在车上,为打发时间,邻座的一位以色列小伙子用一把五根弦的吉他弹唱起来。其实那把琴本来是有六根弦的,只不过调音时断了一根,手边又无备弦。

林珊见了,在一边鼓动我:"你不打算给他露一手吗?"

我犹豫再三,说:"绝对不行,除非你再帮我弄断四根,我给你拉一段《二泉映月》。"

为期四十天的旅行终于圆满结束。回到上海,阿辉把车钥匙丢给我,让我自己下楼去看车。于是我真去看了,果然有惊喜。车架整过形,玻璃也换了,基本恢复了原貌,整车还重新喷了新漆。

若虫和季萍回家后,第一件事就是跑去房产中介撤销了挂牌。

房子不卖了,日子还要长长久久地过下去。

若蛊的那位女助理,从头到尾都知道他们两口子出去旅行。我们此行到了大理之后,就再也没有打电话来纠缠。当若蛊回到公司的那一天,女助理跟他辞了职,并祝福他幸福。

如今,若蛊与季萍有了自己的孩子,六岁了。

这是我与林珊的最后一趟旅程。回上海没多久,她去了意大利的佩鲁贾,留学。在她父亲的催促下,临行前与我和平分手。同年冬天,我去欧洲,生意上的事,顺道以老朋友的身份去佩鲁贾看望过她⋯⋯

那一时期的我,孑然一身飞来飞去。身边很多人都认为我年龄不小了,纷纷关心起我的终身大事,包括我的父母。但我在心里统一回复了他们:年龄不会成为我的人生刻度,从来不会。在婚姻这件事上,我也同样无龄感。只有该结婚的爱情,而绝对不存在该结婚的年龄。如今爱情离我而去,我跟谁结婚?

当然,所有人关心的始终都是结果,而忽略缘由:为什么而结婚?难道不是因为爱情吗?他们意识不到空心化的婚姻有多可怕,甚至常用"只要人好,婚后可以慢慢培养感情"来说服我,瞬间把观念拉回到旧社会。我心想,世上绝大多数女人都是好人,可我和绝大多数都不可能有爱情,因此也就更不可能有婚姻。

弗洛伊德说:当你做小的决定时,应当依靠你的大脑,把利弊罗列出来,分析并做出正确的决定;当你做大的决定,如寻找终身伴侣或寻找理想时,你就应该依靠你的潜意识,因为这么重要的决定必须以你心灵深处的最大需要为依据。是的，这个"最大需求"就是爱情！爱情才是重点，才是核心。当它暂时离开我时，我不愿退而求其次，将就找一个，以给年龄某种不知所谓的交代。

即使把弗洛伊德的这段话扩展到"如何过好这一生"这样一个大命题上来，也同样是适用的。什么是小的决定？什么又是大的决定？什么事情可以罗列利弊、分析判断、规划实施？什么事情却只能依靠潜意识来做出判断与决定？答案就在每个人的心里。我不愿活在别人的眼中，那些来自外部的印证、评判与反馈，仅对我融入社会群体有所帮助，可之于内心需要却毫无意义，显得多余。

Anyway，爱情总能驱散雾霾，迎来光明。但当爱情走进死胡同时，我们需要像若蛊那样想办法去突围。尤其是年轻人，即使所谓的快意人生暂且与你无缘，没关系，甩一甩头，至少你还有爱情。即使爱情也需要经济基础，你还可以奋斗。即使奋斗累了，你还可以旅行。

假如一段感情真的失败了，那么其实是没有赢家的，双方都输了。既然输了，就要认输，就像我和林珊那样，并且想办法将来不再输。但很多人嘴上讲讲容易，实际却做不来，若干年后回头望，仍会相互指责、埋怨，似乎非要评选出更糟糕的那一方才肯罢休。这可不是一个美好的人生格局。若蛊与季萍也许是幸运的，他们在恰当的时间实现了那次旅行，并且更为至关重要的是，他们幸运地拥有我这样一个愿意帮助他们的朋友。

生命的每一天都是成长，成长至死，没有衰老。爱如此，婚姻亦然。

Part six
无龄感生命何处不奇遇

秋风起,思絮飘摇,记忆里密密麻麻满是人。深的浅的,浓的淡的,清晰的模糊的。当年相约的再见,此生多半无缘实现。只望梦境伸去戏谑的手,弹斯人脑门,笑伊滑稽,乍醒余困,苦笑,摇头,叹息,咽泪。世间空大,思我之人不忧寡,唯有一人爱我灵魂至诚。

Introduction

　　人们怀旧,以及全社会早衰的根源在于:所有人都认为自己活在一个连新鲜空气都不再有的糟糕时代。"浓墨重彩,江山如画"如今成真,祖国山河尽染,五颜六色。二十年前我们贫穷,读诗赏画谈爱情;二十年后我们富有,打针吃药买空气。全社会集体怀旧,集体陷入心态老化的怪圈,这比实际的社会老龄化更难应对。一切都太快了,人们的危机感也都太强了,相应,安全感也太低了。

　　一件衣裳会过时,流行歌曲会过时,人,其实也会过时。一个人一旦太怀旧,留在了某个年代再也出不来,那么就过时了。我并非流行文化的倡导者,我也深信经典的永恒。我指的是思想过时,跟不上时代潮流。即使当下有着诸多不尽如人意,脚毕竟已迈到这里,要知道,当年晨儿拼尽全力也都没能走到今天这一步。活在当下也好，苦中作乐也罢，用心感受今天的天气，而不是借怀旧逃避现实。毕竟世界那么大，人生还有无限种可能。

01. 人在旅途，总有奇遇

《生命的每一天都是奇遇》这本书是无龄感系列第一本，书名被很多人喜欢，如今成为人们耳熟能详的一句 slogan（口号）。与此同时，奇遇的故事也在不断延续。

上海某外科医生刚刚成功完成一例手术，摘下手套与口罩，在微博上写道：生命的每一天都是奇遇。北京一位女生在地下铁不知该如何换乘，焦急问询，有位老外操着流利的中文帮助了她，她随手发微博，惊叹：生命的每一天都是奇遇。演员石洋子出门偶遇"颜值爆表"的街头艺人，同框自拍，发微博：生命的每一天都是奇遇。

2015 年夏，多家报纸报道了这样一位传奇人物。

苟子,四十八岁,山东青岛人,毕业于某大学新闻专业。红茶迷、骑行迷,痴迷公路车旅行。对世界充满好奇,尤喜探索未知。现公路车骑行累计超过 10 万公里。2012 年 38 天环骑东北 8500 公里。2013 年 100 天完成世界红茶骑旅 15000 公里。2014 年 20 天横穿美国波士顿到西雅图近 6000 公里。2015 年骑行万里茶路,并尝试法国四年一度的 90 小时 1200 公里 PBP 骑行挑战。

这位奇人苟子单枪匹马完成"2015 骑行万里茶路"的壮举,便是带着《生命的每一天都是奇遇》上路的,他说这本书激励着他。他从武夷山出发,全程骑行去圣彼得堡,沿途在公众号上记述专属于他的"奇遇"。我也终于有机会反过来跟随苟子的足迹,感受他的奇遇。

"生命的每一天都是奇遇。生命只有疲倦时,而没有衰老时。谢谢大伙儿关心,我摔伤的胳膊,已无大碍,因为俄罗斯美食多、美景多、美女多,再加上沿途美事儿也多,我用补胎胶黏合了破碎的脆骨,还有这全世界独一无二的松紧式内胎绷带,不日即将痊愈。我好好的,战斗在乌拉尔山上呢……

"今天的乌拉尔山上,我遇到了公路车骑行的三大死敌:侧逆风、暴雨、低温。为了暂时回避敌人,我躲进车里享受草莓,完了我再吃高卢鸡还击一下进入欧洲遭遇的这些坏蛋儿。看到草莓上的蚂蚁了吗?都让我干掉了,据说蛋白质很丰富哦……

"今天下午在俄罗斯喝了一杯最最暖心的茶,我买了这位大姐一瓶蜂蜜兑水喝,这位壮汉端着一杯茶向我挥手致意,之后向我介绍他的不锈钢手工艺品。看我在寒风中有点冷,就举起他手里的茶杯,示意给我品尝,之后打开后备厢取出糖茶,给我冲了一大杯。这个杯子是他刚刚用过的,我如获至宝,一饮而尽,打算付钱时,他笑着向我挥挥手。你说,这彪悍的俄罗斯爷们儿咋就这么温情似水呢……

"昨天有一群疯子将从莫斯科出发与我同一路线反方向骑往海参崴,我昨天过了彼尔姆之后,可能与这群疯子在喀山前后邂逅。不同的是,我是单枪匹马、无后援、逆风,他们是成群结队、衣食无忧、顺风。骑行万里茶路,已入佳境。莫斯科越来越近,茶路边的 hotel 也越来越多了。三百年前的驿站帐篷大都发展成为沿线的村庄、城镇、都市。今天的 hotel 会不会在百年后演绎成为将来的村镇呢……

"不可相信俄罗斯的路标数据,但要感谢俄罗斯妹子的热情好客。沿途吃了三个西红柿、三根黄瓜,甜!这哥们儿从钱包里拿出一枚子弹向我炫耀,貌似他以前是个军人。俄罗斯沿茶路有机农产品丰富多样,苏联解体后,俄罗斯人民的生活不降反升……

"俄罗斯人民太热情了,刚入彼尔姆,就见一巨大横幅:热烈欢迎骑行万里茶路到达彼尔姆!我成功地用微笑征服了这位牧师,他带我进入东正教堂参观并耐心为我讲解。尽管我什么也听不懂,但我明白这位牧师的心意……"

以上是苟子沿途记述的片段。能有苟子这样的读者,是我的荣耀,也反过来激励我。

与苟子相似的还有我的一位哥们——澎湃社摄影记者高征。他当年是摄影专业留英生。2015 年 5 月初,他带着《生命的每一天都是奇遇》,辞职上路,花了三个月,游遍南美洲,带回三万多张摄影作品。

走之前我们见过面，我劝他认真考虑辞职的必要性，但他的决心很大。

他说："假如这份稳定工作只允许我把镜头面向上海，那我当年远赴英国求学就变得毫无意义，我的梦想是要让我的镜头进入更为广阔的视野。"

诚然，面对自己的抉择，我可以豪迈地说："只要遵从了自己的意愿，那就算不得离经叛道。"而面对别人的，我却显得犹豫，更多是基于现实的考量。我只会说："人偶尔只听从那一秒钟的心意，哪怕仅仅是一种冲动，又何尝不是一遭奇妙的心灵旅行。"藏有只可意会的收敛。

当高征真的实施了他的计划，重新坐回到我的对面时，我请他喝了三杯"自由古巴"，以示敬意。我想，高征的故事定要在我下本书中讲述。

与他们同步，我也正在地图的另一维度继续寻觅着我的奇遇。

一位八十五岁的老奶奶，千里迢迢赶来杭州，参加我主题为"谁是无龄感之王"的新书发布会。老奶奶并非嘉宾，她自称是来"踢馆"的，她认为她才是"无龄感之王"。

她的笑容，善意中藏着顽皮，在提问环节一开头，便从年轻人群中自信地站起来，引来满堂轻松的笑，以及发自内心的掌声。老奶奶是个获奖无数的老艺术家，直到今天仍坚持创作。

签售环节，我在她那本书的扉页上写道：献给真正的无龄感之王，您当之无愧。

那场发布会,主办方为我请来四位嘉宾。其中最值得称道的是一位来自台湾的"献血达人"。她累计献血逾一百二十次,长达十年带领无偿献血公益活动,连续三次获得"无偿献血奉献奖金奖"。

正是这样一个高尚的灵魂,同样崇尚无龄感生活。发布会当天她腰椎病突发,却仍坚持要来。她以钢板支撑腰背,由十几名学生搀扶着来到会场。她的名字叫金黛华,六十五岁。她用实际行动诠释了无龄感的深刻内涵。

人们尊重生命,他人的和自己的;人们普遍向往新鲜事物,厌恶一成不变、僵化的生活模式。

为此,我给出了一个全新的生活样板,不仅读者,媒体也因此而给予我积极热烈的响应。六十五家报刊,十一家电台,四家电视台,三百五十家网站、自媒体,十二场线下活动,发布会、见面会、分享会……我辗转各地,舟车劳顿,但也乐在其中,我把这些全都视为别样的旅行。

在我走进"华语之声"透明直播间,以及来到"中央人民广播电台"时,DJ哲宇和主播小马都在第一时间道出同一个困惑。他们认为我的书名疑似病句。

小马说:"前两天你们上海的曹可凡老师也来节目做客,我给他看你这本书,他也不解,'奇遇'怎么可以拿来定义'每一天'?难道不该是'每一天都有奇遇'吗?"

我笑了,我让小马设想金鱼的一生,鱼缸便是它们的全世界,没有机会去旅行,更不会有奇遇,可为何看上去它们还那么快乐?小马和哲宇的回答是一致的,金鱼只有七秒钟记忆。

是的,过了那七秒,刚才所有场景对它们来说都是新的,一切又重新奇遇。这说明新鲜感是快乐的源泉。可人类的记忆远不止七秒,想在一个一成不变的环境中保持新鲜感几乎是不可能的。这便是书名的妙义了。

基于人类记忆的长久性及相对稳定性,我们会渐渐养成一些难以改变的行为习惯和一些顽固的思维方式,会渐渐变得因循守旧、墨守成规,一切知觉终于在重复中变得麻木。快乐最大的天敌是重复,重播快乐,导致索然无味。同样的,痛苦的 N 次方也能降低痛感。周而复始,循环往复,会令新鲜感丧失殆尽,生活疲劳且枯燥乏味,如同一台缺了机油的引擎。

费尔南多·佩索阿也曾这样说:"人的一生,除去睡觉的时间,清醒的时间大约也就一万多天,那么我们究竟是真的活了一万多天,还是只活了一天而重复了一万多次呢?"

所以我们才要源源不断地获得新鲜感,让每一天都成为奇遇,一场我们与世界的奇遇。每一天的太阳都是崭新的,每一天都是上天赐予我们的礼物,每一天的我们也都是新生儿,每一天都可以做不同有趣的事,得到不同的感悟。

千万不要被年龄和经验蒙蔽双眼。经常变换心态,变换视角来打量世界。记忆的长短是相对的,恒定不变的是快乐的源泉——新鲜感。能讲出天方夜谭一千零一个故事的人是真的伟大,那个容量不知是多少人的传奇人生的总和,人们沉迷其中,完全是基于他们对奇遇天生的向往。

小马悟了："明白了，生命的每一天都是一场我们与世界的奇遇。"

后来有一次，杭州广播电视台主持人若尘为我增添了新的感悟。她那句无比经典的话，是从我直播过程中出现口误后喋喋不休自我纠正中牵出来的。当时她关了麦，微笑着跟我说："生命的每一天都是奇遇，生命的每一天也是直播，直播不 NG，过程即结果，过了就过了。Take it easy, and just let it go. "

时隔多年，"just let it go"竟也会从若尘的口中道出，一时令我诧异。

其实并非只有流动的生活才是精彩的生活，奇遇也未必都发生在旅途中。生命的每一天都是奇遇，但生命不可能每一天都在旅行。很多人一提"奇遇"二字，便首先想到旅行，并下意识去摸荷包。这可以理解，但我不得不说，日常生活中的奇遇比旅途中要多得多，就连坐在家里不花钱也有奇遇。一本书，一部剧，一通电话，一段网络视频，一个知识点，一个新发现……

人们对美好生活的向往不完全受金钱的操控，金钱可以买到的，只不过是生活的壳，它收买不了灵魂与真情。奇遇更多地藏在稀松平常的日子里，它与贫富无关，每个人都有同等机会去遇见。比如上海某院的外科医生，比如在地下铁迷路的女生，比如"踢馆"老奶奶……

前阵子出门理发，路过一家咖吧，透明落地窗内端坐着一位入时的淑女,正一边细品咖啡,一边望着窗外街景出神,面前桌上摆着《生命的每一天都是奇遇》,封面惹眼,从一副黑镜框中颠倒视角看世界。我一路感慨,生命何处不奇遇。那个靠窗位置长年被文青占据,或男或女,多是奔三的年纪。那桌上摆过《挪威的森林》《霍乱时期的爱情》,也摆过《杀死一只知更鸟》。

回家后,我迫不及待地跟小勇分享了这个奇遇。

可小勇却问:"你理个发,理成这个鬼样子就不说了,怎么还对一个路边发呆的女孩子产生兴趣了呢? 她长得很漂亮吗?"似有醋意,也似绵里藏针。

我说:"观察生活嘛。"我没讲假话,这是我的日常,向外,窥探世界,朝内,挖掘内心。

小勇怔了一会:"我不信。"

我说:"OK,我给你打比方,就说刚才理发这事,我一进店坐下,就预感到今天会被剃成这副鬼样子。"

小勇:"为什么?"

我:"这就是观察生活呗。技师熟练与否,别看脸,只要他第一剪下去,我就有底了,菜鸟开头会拿一把小剪子,慢吞吞绣花似的剪,知道为啥? 那是技术差,缺自信,一上来借着多余的小动作观察我的头型,琢磨要怎样达到我提的要求,今天我就遇上个'绣花工'。熟练技师完全两样,一上来就胸有成竹用电推子,疾风骤雨刨起来。"

小勇眼睛一亮:"嗯,我也遇到过。"

我说:"再说今晚,我们要去看电影,爆米花是必买的吧? 那真算不上最美味的零食,可为啥就成了全球院线必售的商品呢?因为它成本最低,利润最高。玉米多便宜,爆的方法多简单,爆出来是多大的块头,这账很容易算,但有人认真算过吗?这还是观察生活。"

小勇:"有点道理,啧啧,你可真是个比女人还要心细的男人呢。"

但我相信她未必能认识到"心细"的价值所在。

人们对能够轻易掌控的信息与事物通常不会太关注,不会投入热情,甚至会忽略。比如父母的唠叨,再比如支付能力范围内的小花费,还有一些日常生活中司空见惯的人与事。这些事物的重复出现,绝对不会危及安全,却也绝对没有兴奋点,只能起到麻痹神经的作用。

而从科学的角度,人的大脑确实存在这样一个 bug,就存在于一个叫"布罗卡区"的区域中。它使大脑对那些新鲜事物始终保持着警惕与好奇,而一旦发现某些熟悉的、可预测的事物,便马上会判别为不再需要关注,迅速将其堆放至可以忽略的背景信息中。

这个 bug 对于一个创作者,比如我,是致命的,必须时刻提醒自己,极力去克服与修正。然而对所有人来说也基本如此,只有克服与修正这个 bug,才不会错过大量藏在生活细微处的新鲜感。

这个时代这个社会,内容庞杂,信息如海,人们浅浅地浮在表面,蜻蜓点水般浅尝即止,似乎不再有人愿意深究。睡眠浅,阅读浅,思考浅,理解浅,旅行浅,人情浅。就连爱情和亲情,也都越来越浅。可假如真有人依然故我的怍,愿意深潜下去,则会看见另一个世界,"贵族"的世界。

无龄感绝不是用来解决生命长度问题的,而是用来丈量生命的宽度与深度的。我一直试图用它来激活敏感神经。生活中还有很多诸如理发技师和影院爆米花那样被人们熟视无睹的"背景信息",全都成为盲点。正是这些盲点,让那些逆风中我们曾经最依赖的人,最终成为我们顺风阶段最忽视的人。比如死忠备胎,比如父母,再比如我生命中的小敏。

我们生活在一个年龄感极强的国度,各民族同胞都在为生计劳碌,每个年龄段都有他们认为不得不去完成的使命。就连有着深厚宗教传统的青藏高原,满目所见,修行也以老者居多。

只要愿意深入探究,不难发现,藏族同胞的宗教意识自小有之,但只有随着年龄增长才会有进一步诉求,养儿育女、操持生计仍是大多数人六七十岁之前的生活核心。只有当他们退至家族生活的边缘,才会寻求塔尔寺、大昭寺这样的圣洁之地,静心修行。这在某种程度上与汉人的退休生活相差无几,只在于精神追求的不同。

精神也好,信仰也罢,生命的真相无非也就是宇宙的真相,永恒不存在,万事万物都是一个周期,一个过程。如今除了信徒与诗人,或基于情书的写作需要,基本已不再有人谈永远。这个真相无论对谁都是一样残酷。但区别就在于看透之后又怎样?这才是无龄感世界最大的关注。

早些年我便酝酿了一个雄心勃勃的计划,组建一个名副其实的"无龄感俱乐部"。前不久,我把它变为了现实。俱乐部初期会员已有二十多人。其中就有阿辉、小勇、老菊、短欧、陈强、高征、小尹、若蚩、季萍、朱乐蒙等人，连身在瑞士的小敏和她的丈夫 Tom 也在我们的会员名单中。

男人一般都是到了三四十岁的时候才开始琢磨该如何折腾，为啥？能力大了，框框里过腻了呗。一板一眼循规蹈矩，毋宁死。自由！解放！不过，无论哪种折腾，都有风险，一不留神就回到解放前。

生活总爱跟我们开玩笑，有时用宠爱来惩罚我们，有时用惩罚来宠爱我们。谁也没能料到，那个以我为核心聚力与驱动引擎的"无龄感俱乐部"，一个如此朝气蓬勃的联盟，在组织了几次激情澎湃的聚会之后，它的发起人却首先陷入了人生困境。

直到这一天的到来，我突然要同时面临人生两大课题：中年、失业。谁能告诉我：中年失业是危还是机？

2015 年下半年，正当我与小勇你侬我侬忒煞情多之时，我赖以生存的事业却遭遇毁灭性的打击。至此，我的梦想冷不丁被釜底抽薪。我之所以称之为"赖以生存的事业"，便已暗示，并非写作这件事，而是我与阿辉共同的品牌内衣销售公司。

而今，我再次站在了人生的十字路口，我将何去何从？我又该拿什么来供养我的无龄感爱情和无龄感人生？在何去何从的问题上，阿辉显然比我更焦虑，近两个月来，他失魂落魄、郁郁寡欢。恰是阿辉第一次让我直面一个我从未当回事的词——中年危机。

那天阿辉约我和小勇去唱 K。阿辉的歌声也是大家都领教过的，那简直堪称"绕梁三日，阴魂不散"。不过尽管如此，我依然没有料到，如今的他已不再满足于阴魂不散，更是练就了让人魂飞魄散的

"河豚音",也就是海豚音唱劈了的效果,以至于小勇猫在我的怀里瑟瑟发抖。

为了让阿辉少唱两首,我虎躯一震,挺身而出,勇于抢麦,用我摧枯拉朽般的"拆迁队重金属"镇他一镇。

小勇仰面长叹:"唉,冤冤相报何时了。"

后来阿辉终于唱渴了,放下麦,咕咚咕咚灌了一通啤酒,然后幽幽叹道:"我看你蛮笃定的,提醒你哦,我们的父母都老了,你我也都不小了,中年危机这回事要是搁在以前,我也是不以为然的,可真到了这个年纪,偏偏就来这么一出,丢了主业,心不可能不慌。"打了一通嗝,又说:"托你的福,我走创业这条路也已经很久了,现在再让我回头去给别人打工,还真是一千个不情愿、一万个不甘心啊,你呢?你怎么想?"

我说:"我倒是没你想得多,但也不至于无动于衷,失落、遗憾,和你是差不多的。不过也未必像你讲的那么糟糕,人还在,脑子还在,能力还在,一切都还可以重来。"

阿辉:"唉,讲得轻松,怎么重来?我现在可是两眼一抹黑。"

由来已久,我与阿辉就是这样的搭配,遇事一个乐观,一个悲观,只消稍稍一碰一磨合,两人都乐意往中间靠拢,既抛弃悲观情绪,也避免盲目乐观,最后凡事总能达观处之,于现实中守一线希望之光。

但我当时首先想到的不是齐心协力找出路的问题,而是觉得宅在家已数月,想破脑袋也无用,还是应该走出去。振作精神,激活细胞,到更广阔的天地去寻找灵感。更重要的是,我们急需扭转当下低落的情绪,从新的挑战中再次获得前进的力量。

是的,旅行。这件事是我和阿辉的人生中必不可少的内容,也是从来没有失败记录的项目。它可以没有任何意义,我也不必矫情,非得给它提炼出什么深刻含义。此刻我再次需要它,并且深信,流动的生活能够带来转机……当然,这都是后话,我会在下本书中交代这个转机。

如今作为一个不再有第二职业的职业作家,我清醒地看到,远离唐诗宋词,告别欧陆古典主义,唯美之于这个时代实际早已不复存在。文学从来都不是单纯的一门学问,它是一套系统工程,非杂家而不可为。那些锦绣华章往往并非出自强者之手,而恰是生活的 loser。

02. 终是一场没有返程的旅行

新奇与安稳，都不能成为生活的常态。就好比旅行与居家，说到底也还是"围城"。人要从眼前的局限中不断突围出去，然后回来，再突围，再回来……生活中，阶段性需求有所不同。安稳久了，就想追求新奇。新奇够了，还是要回归安稳……

一次在酒桌上与人聊起我的书，那人竟在"奇遇"和"艳遇"之间画等号，他的理由竟也是"突围"，这让我哭笑不得。读一本书，只摘取顺应私心的句子、观点，然后偷梁换柱为他所用者，比比皆是。

我说："老弟你打着奇遇的幌子找艳遇，但你懂不懂，泡妞的最高境界实际上是翻来覆去只泡那一个妞，把她泡成自家老婆，然后一直泡到她满脸皱纹拄拐棍。当然,突围也还是必须的,但你得带上你的妞一起突围,而不是撇开她去找别人。"

那人被我一句话臊得语塞。

这其中的道理很简单,我经常跟人讲太原人和上海人的故事。一对朋友,一个太原人,一个上海人,他们曾多次到对方城市拜访。太原人常跟上海人说,你们光吃米饭根本吃不饱,还是得吃面。可上海人也同样会告诉太原人,你们光吃面也吃不饱,最终还是得吃米饭。这种情况很常见,但确实有点奇怪,不是吗?其实,请相信我,无论是太原人还是上海人,他们都已经吃饱了,只不过饱与满足是两回事。

《围炉夜话》中点出万恶淫为首,这是东方智慧。而在西方神学中,万恶之源来自七宗罪,而七罪之首为傲慢。这只能说东西方对性恶的理解与定义不同。古代东方更强调对性的禁锢,尤其针对女性;而古代西方,神格之下,强调对人格不平等的厌恶。

无论是东方还是西方,在一个人格对等、相对封闭的社会环境中,个体自由都是有边际的。我们可以寻找参照,但不宜太远。坚持自我的同时要关照他人的观感,否则就叫作"妨碍"。

不必总盯着歪门邪道,寻找新鲜感其实并不难。比如漫长的旅行,比如更换居所,最不济,还可以更换家居布局。穿不同的衣服,或者不穿衣服;用不同的香水,做爱时尝试不同的体位。只要不妨碍他人,偶尔一起欣赏爱情动作片又何妨?我就见过这样一位能人,十年间他为自己的小家庭开发了二十多种新奇的家庭游戏。有夫妻俩的游戏,也有夫妻带着孩子一道玩的。

我坚信无龄感就是成熟的最高境界,它是大智慧。一切市井认同的"成熟",若摆在广阔的人生中,皆为幼稚的算计。随大流,世故,不再相信世界,也不再相信爱情,忌惮人言,活在他人眼中……郑板桥直到晚年才悟出了"难得糊涂"四个字,但真正能参透的人并不多,人人都在比谁更机灵,谁更精于计算。大家嘴巴上都会讲"吃亏是福",可现实中谁都想占便宜,占更多便宜。

爱心,童心,善良,对美的追求,真诚面对生活及身边每一个人,这些原本是人性中所固有的。只不过在复杂的社会环境影响下,这些美好本性反而变成了我们的弱点和软肋,我们不自觉地用一种叫作"处世哲学"的东西把它们掩盖起来,以免遭人利用受到伤害。如此,想活得轻松点都很难。

在拒绝世故、保持纯良的同时,忘掉固有经验有时也很重要,我们可能因此而重拾拒绝或尝试的勇气。比如我从小被灌输吃虾皮补钙的观念,虽不喜欢,却一直在吃,但后来证明纯属谣言,这是拒绝的勇气;再比如,"阿克约尔大叔的秘境",那是尝试的勇气。

卢梭在他的《社会契约论》中说:"人,生而自由,却无所不在枷锁之中。"这是现实,无人能回避。人的确不能活得太自私,只活在自己的世界里并非没有前提,父母的健康如何?家庭负担几许?有没有给他人造成伤害?但反过来,"人不能只活在自己的世界里"这句话其实是对弱者与失败者说的。强者与赢家即便暂时走入舛途,身负枷锁,他们也绝不甘于坐等,依旧心怀梦想不断储备,一旦条件成熟,仍会飞翔。他们最终还是要飞回到自己的世界里。

人生如白驹过隙,尽情享受它的全部,不要外包生活,不留遗憾。在此过程中还要勇于接受不完美,正像小尹那样。这其实就如同加减法那么简单。

在那些关注现实却闷闷不乐的人眼中,世界这里不公,那里不完善。他们头头是道,满腹牢骚。根源在于他们拒绝接受不完美的现实,幻想世界能在一夜间尽善尽美,一旦落空,他们的情绪会一次又一次做减法。如此,原本看似现实的人,反而成了空想家。

反观那些容易快乐起来的人,也有一些共性。他们的快乐大多建立在充分认识并接受世间不完美的基础之上,在星星点点微不足道的小事上不断积累着快乐的素材,这又是实实在在的加法。如此,这些原本看似脱离现实的人却反而才是更接地气的生活专家。

这并非乐观与悲观的区别,而是对人生乃至世界期望值高低的差异。

有一回,我写书敲坏笔记本五个键位,烧坏一块移动硬盘。最后几百字,全凭复制网页上的词组。总算熬出来了,把笔记本和移动硬盘拿去百脑汇修。那天回到家后心情很好,微信上与当时心情欠佳的阿辉开玩笑。"快乐其实很简单,你试试用螺丝刀撬键盘,五个键位就能让我如此开心,你多撬几个,把它撬秃,一定欣喜若狂。"

这只是玩笑,但至少说明,有些快乐成本很低。有时仅仅是对灾难的修复,也能成为快乐的源泉。就看你是不是一个懂得做加法的人。阿辉当然是这种聪明人,但他没有傻到去撬键盘,而是把以前积累下来的麻烦事列出来，然后一件一件去解决。都是些小事。

他花了一整天重新规整笔记本电脑和移动硬盘里的内容，然后又花了一整天整理自己的房间，还去理了发、洗了车……他过了一个非常充实的周末。通过这些微不足道的小事情，他做着不起眼的加法，一点一滴把快乐找回来。

在很多人看来，一个人的年龄和心态是有彼此依存关系的。当年龄改变时，人们对生活的态度也同样发生着变化。但我坚信，真正决定我们生活态度的是角色而非年龄，社会角色、家庭角色。是角色的不断变化、不断升级，导致心态的变化。

回想我们从最初单纯的子女角色起步。后来读书了，毕业了，工作了，恋爱了，结婚了，生儿育女了。再后来，我们的子女长大了，我们的父母也老了。整个过程，我们越来越深地融入社会，新身份、新角色不断叠加，往往伴随着心理负担加重，心态也随之渐渐老化。

这才是心态改变、"年龄感"加重的根源，反倒不全是年龄本身。

认识到年龄并非主要矛盾，无论身处人生的任一阶段，都积极面对，不断调整和适应新身份、新角色，那么心态就会完全不同。生活就是不断突围，不断注入新内容、新活力，不断变换视角重新审视已被固化的形态，从而寻找更新鲜的活法。

每个人都有过青春岁月。青春美好，却也短暂。从叛逆到懵懂，再到振翅高飞，大概也就几年光景。过了那几年，又将如何看待人生？有些人刚出校门就感慨自己老了，心累了，好像夏天一过就是冬，青春之后便一步跨入老年。

有些人似乎宁愿用余生去怀念那几年青春,也没有勇气在余生中开创新的青春。要我说,只要你愿意,你的整个一生都可以是青春,都能保有童真,就看你愿不愿挣脱年龄感的束缚,打破条条框框,成长至死。世界那么大,你没见过的人和事还多得很呢,故步自封并非明智。

是时候回顾一下你的人生了。

十六岁,读书。你曾豪言壮语,说要环游世界。你想象着那个像天堂一样的国度。

二十三岁,你开始工作。你说要升职加薪,攒够钱再走。或许,年轻是应该奋斗的。

二十八岁,大家都在忙着买房。你说等有了另一半再一起上路旅行。是的,成家立业为人生之本。

三十五岁,你有了孩子。你说孩子刚上小学,等长大了带他一起出去。没错,孩子,是一生中最大的牵绊。

四十八岁,父母已老。你说家里老人需要照料,再等等,风景不会走,他们辛苦一辈子,古稀之年应有儿女陪伴。

五十五岁,传承。你说孩子还没结婚,心烦,将来带孙子孙女一起去玩。

七十岁,老伴。你说老伴身体不好,哪有心情,等等再说吧。是的,等着等着,最后还是待在了原地。

尽管人生最终还是一场没有返程的旅行,但直到最后,你的人生依然趴在同一个地方住酒店,哪怕你住的是五星级酒店,又能有多大的意思呢？

自始至终，你都是最真实的戏子，在自己的生活大戏里，泯然于芸芸众生。你曾红颜淡妆，书香校园，也曾国色天香，红装出嫁。可终究仍是韶光难回，只留下沧桑入骨的姿态，满眼凡尘。那水袖波光一扬，拂衣转身后的落纱，不过是囹圄生活一场，人生落寂一场。

你站在公司玻璃窗前，向往自由的飞翔。可你忽略得太多，错过了更多……

当你挤车上班时，泸沽湖的鱼鹰正在湖面上飞舞；

当你开早会时，巴黎左岸的咖啡馆里坐满了人；

当你写 PPT 时，五渔村的夜色正美；

当你在加班吃泡面时，美国 66 号公路上的旅人正风驰电掣……

你忽略了，有些风景是网络查不到的，有些感动是电影没有的剧情。只有当你迈出脚步，那些风景才不只是传说中的风景，以及他人影集里的照片。

去接触南非草原雄狮、新疆雅丹魔鬼城、英国巨石阵，去油菜花地里嬉闹，去威尼斯坐木船，去西班牙吃海鲜，去拉萨求佛。此生灌注见识，要比香水宝马重要百倍。是的，明媚阳光下清澈的湖水，总比浓烈的香水来得诱人。

与其一生驻足原地眺望远方，不如把生命埋葬于风景之中，或是看风景的路上。欠了自己那么多年的旅行，终有一天要偿还。

"身体和灵魂，总有一个在路上。"

你们不都很喜欢这句话吗？可很多时候，灵魂的飘扬会给生活麻木的人们聊以慰藉,使得身体甘于在原地踏步。何不让身体和灵魂同时在路上呢?

去拜访这个世界,实现另一种适合你的人生。让所有拘囿于现实的人们,终于鼓足勇气,像孩童一样憧憬一切未知的降临,亲手去触碰你所向往的生活。Do not go gentle into that good night.(不要温和地走进那个良夜。)

无论到何时,于嘴边拱起你的双手,朝向世界,像孩子那样深情呼喊:"你好! 今天!"

笔落至此,忽闻大病初愈的父亲在楼下唤我。

父亲说:"中秋又要到了,不能年年老一套,墨守成规,人生在于求变,去买点粽子回来吧。"

我说:"今年不是变过一次了吗? 端午节的时候我们吃的是月饼啊。"

母亲说:"你记错啦,端午吃的明明是汤圆,我亲手包的。"

我一下子陷入混乱,努力回忆元宵节我家吃的又是什么。

小勇说:"这样推算下来,元宵节肯定是月饼。天,好向往这么过节。"

直到这时我才彻底意识到,我不必羡慕小敏和 Karine 的无龄感家族,我本身也处在无龄感家族中。

家父术后谨遵医嘱,不闻酒香三月有余,日子过得寡淡无味。中秋前夕乃解禁开戒之日,恰逢其寿辰。老父示意,店堂不宴请,家中无筵席。复又关照,有酒便是寿宴。儿领命,沽酒两三盅,皆为佳酿,以尽孝。

Happy birthday to my father！老爸生快！

在此，我要奉上塞缪尔·厄尔曼的《年轻》。

Youth is not a time of life; it is a state of mind; it is not a matter of rosy cheeks, red lips and supple knees; it is a matter of the will, a quality of the imagination, a vigor of the emotions; it is the refreshness of the deep springs of life.

Youth means a temperamental predominance of courage over timidity of the appetite, for adventure over the love of ease. This often exists in a man of sixty more than a body of twenty. Nobody grows old merely by a number of years. We grow old by deserting our ideals.

Years may wrinkle the skin, but to give up enthusiasm wrinkles the soul. Worry, fear, self-distrust bows the heart and turns the spirit back to dust.

Whether sixty or sixteen, there is in every human being's heart the lure of wonder, the unfailing child-like appetite of what's next, and the joy of the game of living. In the center of your heart and my heart there is a wireless station; so long as it receives messages of beauty, hope, cheer, courage and power from men and from the Infinite, so long are you young.

When the aerials are down, and your spirit is covered with snows of cynicism and the ice of pessimism, then you are grown old, even at twenty, but as long as your aerials are up, to catch the waves of optimism, there is hope you may die young at ninety-nine.

［译文］年轻，并非人生旅程中一段时光，它是心灵中的一种状态，并非粉颊红唇和体魄的矫健，而是头脑中的一个意念，是理性思维中的创造潜力，是情感活动中的一股勃勃朝气，是人生春色深处的一缕清新。

年轻，意味着甘愿放弃温馨浪漫的爱情去闯荡生活，意味着超越羞涩、怯懦和欲望的胆识与气质。而六十岁的男人可能比二十岁的小伙子更多地拥有这种胆识和气质。没有人仅仅因为时光的流逝而变得衰老，只是随着理想的毁灭，人类才出现了老人。

岁月可以在皮肤上留下皱纹，却无法为灵魂刻上一丝痕迹。忧虑、恐惧、缺乏自信才使人伛偻于时间的尘埃之中。

无论是六十岁还是十六岁，每个人都会被未来所吸引，都会对人生竞争中的欢乐怀着孩子般无穷无尽的渴望。在你我心灵的深处，同样有一个无线电台，只要它不停地从人群中、从无限的时空中接收美好、希望、欢欣、勇气和力量的信息，你我就永远年轻。

一旦这座无线电台坍塌，你的心便会被玩世不恭和悲观绝望的寒冰酷雪所覆盖，你便衰老了——即使你只有二十岁，但如果这座电台始终矗立在你的心中，捕捉着每一个乐观向上的电波，你便有希望死于年轻的百岁。

然而，人生终是一场没有返程、充满冒险的旅行。刘欢在歌中唱道，"人生豪迈只不过是从头再来"，但能够重头来过的是精神与心态，而非时间和生命本体。李玟在《我是歌手》的舞台上说："人生如果不冒险，那简直太无聊了。"

无龄感的故事我也许会继续写下去，但还是那句老话，我不确定未来真的可以被规划。

生命的每一天都是成长，成长至死，永不停歇。但我们也都应该明白，成长是要付出代价的。人生的某一天，我突然意识到，这世上值得我为之全心付出的人越来越少，只剩下寥寥几人是我必须赤诚相待的。那些人或在我的眼前，或在我记忆深处。

阿克约尔大叔、小勇、Karine、黛西、小敏、晨儿、林珊、阿辉、钟艳与老郑、小尹与芳菲、若虫与季萍……

岁月让我懂得思念的价值。即使记忆中那些人与当下的他们判若两人，我也确信本质未变，灵魂还是那个灵魂。倘若思念能够带来美好的感觉，那便是埋藏于心底的无价之宝。我时常会想他们，想必他们偶尔也会忆起我。

秋风起,思绪飘摇,记忆里密密麻麻满是人。深的浅的,浓的淡的,清晰的模糊的。当年相约的再见,此生多半无缘实现。只望梦境伸去戏谑的手,弹斯人脑门,笑伊滑稽,乍醒余困,苦笑,摇头,叹息,咽泪。

世间空大,思我之人不忧寡,唯有一人爱我灵魂至诚。

END.